文芸社セレクション

宵闇のあかり

菅原　千明
SUGAWARA Chiaki

JN073817

人と人とが交わりあうことほど、生々しいものはない。

肌と肌が触れ合い、そこに生じた熱が自分のものなのか、相手のものなのか判然としない。それがどちらのものなのかなんて、そこに正解などはなく、等しく滲んだ熱が互いの間で溶け合うだけだ。

不思議なものだ、と生きていれば必ず一回は思考する。

生きていることもそうだが、他人との触れ合いで、自分という形成されていたものが歪んだり、まっすぐになったりと忙しないこと。曖昧さは、美点なのか。

「……三時」

暗闇の中で、布団という母性を形にしたようなものにくるまっていると、思考が流れていく。ぽつぽつと浮かんでは、それはジェルのように粘度を持ち、下方に流れてうっすらと色を伸ばしていく。やがて薄まって、どこかに消えてしまう。とろんと眠たげに、まぶたで半分覆われている瞳の先で、時計の針を読んだ。

人差し指と親指を擦り合わせ、指紋を消そうと試みれば、じんわりと熱を生む。皮膚と皮膚であれば、自分と他人でなくても生じる熱がひどく孤独を感じさせた。

寝返りを打ち、時計のある方から身体ごと背ける。

しばらくすれば、また意味もなく時計を眺めるだろうことは予想できたが、今の衝動に逆らおうとは思わない。シーツと寝間着が擦れて、衣擦れの音を立てる。布団に入ったとき、あんなにも冷たかったシーツは、自身の体温で熱を保っていてくれた。

不思議だ、とまた呟く。

まぶたの重みが、だんだんと抵抗力を奪っていく。瞬きの隙を突いて、眠りに誘おうとしてくるずるいやつ。ふうと息を吐き出すと、脱力感にまた睡魔がつけ込んでくる。ここまでして、眠りから顔を背けたい明確な理由なんてないけれど。意地だろうか。誰に、何に対してだ、とまた問答する。ああきっと、この思考の波に身を任せているのが心地よいのだ。

眠ったら、それを感じることができないから。

眠ったら眠ったで、いい夢を見られればそれもまた気持ちの良いことだが。

夜目がきいて、うっすらと見える室内で自分のため息がやけに大きく聞こえた。言葉を発するのは億劫でも、吐息でくらいは睡魔に対抗したい。自分の吐息は、喉から絞り出して発されたそれは、眠気とは敵対関係にあった。

寝なければいけない、そう強く思えば思うほど眠気は遠ざかっていくものだ。でも今の自分は、追いつめられているわけでもない。目を閉じれば、容易く眠ってしまう。

もういいか、と諦念にも似たものに身を委ねる。

意識を、ぱっと手放した。


いつもと同じ朝を迎え、ベッドからむくりと起きあがる。睡眠時間は短いくせに、やけに頭はすっきりしている。あくびの一つも出ないまま、冴えた頭を左右に振れば髪がしゃらしゃらと音を立てた。寝癖があまりつかないストレートな髪質は、面白くも何ともない。たまには跳ねていたっていいんだぞ、と髪をかき乱してみても、すぐにすとんと肩に落ちる。

いい加減、切ってしまおうか。

「……なんてね」

その気もないくせに。

部屋を出ると、洗面所から紀月《きづき》がちょうど出てきたところだった。

「お前って一回も寝坊したことないよなぁ」

朝の挨拶をすっ飛ばし、タオルで顔を拭いながら紀月は感心したようにまじまじとこちらを眺めてくる。そのお構いなしの視線が鬱陶しく、一片《ひとひら》は眉を顰めて顔を逸らした。

「なあ、ひとらー」

「独裁者じゃない」

「ヒットラー？」

「やめろ」

「だって正式名称長いんだもん」

「………」

「それに可愛いじゃないか。ひとらーって」

「別に可愛くないでしょ」

「親が付けた名前を可愛くないだとぉ」

その親が付けた名前を正式名称だとか長いとか言っていたのは、どこのどいつだ。

突っかかってくる紀月は今日、きっと機嫌が良いのだろう。さっきまで悪くない目覚めだったのに、同じ家にいる兄の所為で、清らかな朝が濁っていく。

「ひとら、」

変なあだ名で自分を呼んでくる口を、手のひらで覆い隠す。きっと睨みつけてやっても、目を丸くしているだけでびくともしていない。

「ひ・と・ひ・ら」

区切って念を押すと、口元だけが隠れた兄は笑うように目を細めた。自由な腕が伸びてきて、一片の髪を一房手に取る。身体が、ぴくりと反応してから動かなくなる。

力の緩んだ腕を退かされ、口の端が上がった唇が姿を現した。

「………」

紀月は、さっきまでぺらぺらと動かしていた口を何故か閉ざしたまま、自分の指先に絡まっているように収まる髪の毛を見つめた。それを追っていると、不意にぶつかる。

睨んで、見つめられて、視線が交わる。少し遅れて、瞳が揺らいだ瞬間に、髪を摘む手を払いのけた。

「………うざい」

ぽつりと呟き、横を通り過ぎる。紀月は何も言わず、笑みの形を崩さぬまま、一片を見送った。意地でも振り返ってやるものか、と。肩を、身体を強ばらせ、踵で床を踏むように大股で歩いた。何の感情もはらんでいないくせに、やけに熱を感じる。何の感情も、ないわけではないだろう。純粋に、血を分けた妹に対する情くらいは、きっとある。

でも、それは一片を満足させるものではない。

その程度の情なら、いらない。欲しいのは別のものだから。

うざいのは、どっちなんだか。口の中で、こぼした。

実の妹を、あだ名で呼ぶなんて珍しいことではない。何をそんなに、拒んでいるのか。

紀月は気づいているのか、いないのか。あの笑みは、どちらなのか。

察していてあの態度なら、残酷なものだ。

けれど、気づいていないのなら、妹のいやに刺々しい態度を不思議に思わないのか。

……純粋な反抗期と思われていても、おかしくないのか。

はたと気づいた可能性に、ぐっと拳を握った。第三者から見ればすぐに気づきそうなことも、当事者というものは視野が狭くなっていけない。

だから、嫌なんだ。家の廊下をまだ歩いているように、踵で地面を強く踏み締める。通学路を、見知らぬ人を追い越したり、逆に追い越されたりしながら進んでいく。

なんで、そこまでして名前で呼んで欲しいのか、なんて聞かれてしまったら、自分は動揺してしまうんじゃないか。紀月は、腹の底がわからない。他人の腹の底なんて、誰にもわからない。兄妹だって、母親の腹の外に放り出され、それぞれ違う人間や環境に身を置いていれば、他人の腹の底と同じくらいわからなくなってしまう。

元々、幼少期からずっと側にいたわけじゃない。

外で遊びたがる母に連れられていったのは兄の紀月だし、家で読書やボードゲームを好んで父と引きこもっていた一片とで、だいぶ環境は違ってしまったように思う。

もちろん、家の中では四人一緒だったが、両親はそれぞれ自分の好きな世界に夢中だった。愛されなかったわけじゃない。それでも、愛を感じられる子供はいるだろう。ただ一片は、そう感じなかっただけで。別にほったらかしにされたわけじゃない。母は、兄と外に行き、元気にはしゃぎ回るのが好きだったが、父は一片の側にいてくれた。自分の子供だから、という義務感からではなく、そこに愛を感じられるくらいには、父の温かさで心を穏やかにすることができた。

「やってねーって言ってんだろ！」

突然、外のざわめきをひっくり返してしまうような怒鳴り声が響いた。反射的に声のほうを向けば、コンビニの入り口で何やらもめているようだった。道行く人は、皆何事かと同じ方向に視線を引っ張られている。一片も目をしばたたかせ、つい足を止めてしまう。

コンビニ店員、そしてうちの学校の制服を着た男子生徒。先ほどの怒号は、どうやら男子生徒のものだったようで、店員はそれに怯むことなく学ランの腕を摑んでいる。振り払おうとしているけど、大学生らしき男性店員は負けじと力をこめているらしい。

「目撃したって子がいるんだよ！　観念しなさい」

「知らねーよ！」

二人の表情は鬼気迫るもので、どちらかが手を出してしまうんじゃないかと危ぶまれる状況だった。一片の近くにいた会社員の女性と男性が、通報したほうがいいのではと話し合っている。通報、あまり身近で聞かないせいか、現実味がない。そんなに簡単に警察沙汰にしていいのか、どちらかが怪我をしてからじゃ遅いのでは、と議論を交わしているのは、その二人だけではないようだ。スマホを覗き込んでいる人や、友人か知り合いにでも騒ぎを面白おかしく知らせようと電話を耳に当てている人もいる。周りをぐるりと見れば、様々な動きをしている姿が目に入った。

自己犠牲の精神なんかない。自分の身を挺して止めに入ろうか、なんて思ったわけじゃない。ただ、紀月ならどうするか、ふと考えて足を前に進めていた。

冷静な話し合いなんて、そんなものをさせる気はない。あれだけお互い血がのぼっていれば、無駄なことだとすぐわかる。店員は、あの男子が何かをやったと信じて疑っていない。だからこそ、あんなに強気で捕まえようとしているのだろう。男子のほうは、知らない顔だしどんな奴かもまったく情報がないから、悪事を働いたのかどうかは、一片にはわからない。

こんなとき、紀月なら見て見ぬふりはしないだろう。

どちらの味方をするわけじゃない。でも、諍いは止めてみようか、という気になった。

　女なのに無理だ、とか。男だったら、とこの際言うつもりはない。遠巻きに眺めている誰もが何もしないなら、自分がすればいいだけの話だった。力も足りない、話法があるわけでもない。だから、何もしないという理由にはならなかった。

「あの」

　声を出したのは、一片ではなかった。

　この騒ぎの傍観者となっている人間は、今度はなんだとばかりに首を巡らせる。

　一人の女性が、店員と男子生徒に歩み寄っていきながら声をかけていた。

「この生徒の学校で教師をしております、飛河《ひかわ》と申します。この子が何かしたんですか」

「何って、万引きですよ」

「万引き？　証拠はあるんですか」

「あのね、お宅の学校の生徒だからって庇うのはやめてくださいよ。見たって子がいるんですから」

「へえ、誰ですか」

「えっ」

「誰が、見たんですか。どこにいるんです？」

「だ、誰って……」

小柄な女性、飛河は凛とした声で尋ねる。その小さな体に似つかわしくない、堂々とした態度に、店員がやや怯んだ様子が伝わってきた。男子生徒は、飛河の登場にぎょっとして、驚きを隠せないまま口をぱくぱくとさせている。

「そんなの……もう、どっか行っちゃいましたよ」

首を振り、その姿を見つけられなかったらしい店員は、ばつが悪そうに目を逸らした。

「まあ！　証人は帰っちゃったんですか！」

口元に手をやり大げさに驚いて見せる女性教師は、一片にも見覚えがあった。

現代国語が担当教科の飛河朱音《あかね》先生だ。

「ひ、飛河……なんで、ここに」

「あら。乃木《のぎ》くん、おはよう」

引きつった表情で、乃木と呼ばれた男子はさっきまでの威勢がどこに消えたのか不思議になるくらい掠れた声を絞り出した。一方飛河は、今その男子が乃木であることに気づいたように、にこっと笑った。その笑顔が、どういう感情から来るのか、一片には判断できかねた。いつも微笑みを絶やさない先生、という印象があるが、あそこまで満面の笑みだと、逆に怒っているのかと思ってしまう。

怒るか、朝から自分の学校の生徒が騒ぎを起こしていれば。

目を細めて、一片はことの顚末を見届けようというつもりもなく、ぼんやりとやり取りを眺める。

「なぁんだ、乃木くんかぁ。疑われるなんて、日頃の行いの所為ね」

「うるせー」

「遅刻するから、行きましょう」

「ちょっ」

軽やかにその場から立ち去ろうとする飛河と乃木に、二人のやり取りをなんとなく眺めていた店員は慌てて声を上げた。

「庇いたいのは分かるけど、困りますよ！」

「だって万引きしたって、本当ですか？　この子の鞄から、盗ったもの出てきたんですか」

「まだ見てない。万引きだって聞いて、すぐに捕まえようとしたから……」

苦しそうに言う店員に、飛河はやれやれというように肩を竦めた。乃木の鞄をひったくるように奪い、店員に差し出す。

「じゃあ、確認してください」

「えっ」

「おいこら、勝手なことすんなっ」

「乃木くんは黙っていようか」

またあの笑顔と謎の圧で、乃木はぐうっと悔しそうに声を飲み込んだ。鞄を渡された店員は「じゃあ……」と中を確認する。しばらく漁っていたが、それらしいものは出てこなかったらしい。大人しく、鞄を乃木に返すと今度は彼がひったくりよろしく奪い返した。

「ないですよね」

「……とっさに、捨てたんじゃ」

「やってねえっつってんだろ！　しつけえな」

「乃木くん、落ち着きなさい」

「おっまえは黙ってろ！」飛河に向かって吠えてから、その矛先を店員に切り替える。

「最初っからなんもしてねーんだよ、てめえが冤罪で捕まれ！」

「こらこら」

自分に向けられた牙よりも、飛河は乃木が他へ向ける牙のほうを諌めようとする。

しかも笑顔を崩さないものだから、その余裕ぶりがいちいち乃木の癇に障った。

「……やってられっか！」

奪い返した鞄を脇に抱え、乃木は踵を返した。店員は追いかけようとして、踏みとどまる。証拠がないのはたしかだったし、飛河の言う通り目撃者もとっくに消えていなくなってしまった。諦めたように俯く店員を一瞥すると、飛河も「失礼しますね」と乃木の後に続く。

「…………」

張りつめていた空間を作っていた通行人たちも、はっと我に返ったように日常に戻っていった。一片ももちろんその中に含まれ、一つため息を吐くと学校へと歩みを進めた。

結局、乃木は万引きなんかしていなかった？

店員の勘違いなのか。

はじめて見た同じ学校の乃木という男子生徒と、飛河朱音という現代国語の担当教諭。

気になるが、どうでもいいことだ。目を伏せ、つま先を見つめる。だんだんと自分が、自分の内側の世界へと帰ってくる。驚いたけど、所詮は外の世界での出来事で。そこに介入さえしなければ当事者になり得ないという至極当たり前のことを再確認した。

父と母は、仲がいい。母は、でも父を愛していながらほかの男をよく作った。

これで父は大激怒し、晴れて離婚。とはいかなかった。母はそれでも構わなかったようだが、父は離婚届に判を押すことはなかった。

悲しんでいるはずなのに、それでも母を手放すことができなかった。

一片には到底理解できない。けれど、懊悩することに疲れ切ってしまった。もう好きにすればいいのだ。

あの家には、父がいる。一片がいる。兄の紀月は、ろくに家に寄りつかない母についていくことはなく、あの家にいた。紀月は、どう接したらよいかわからないと戸惑う父に構わず、この家に住み続けている。大学生になって、一人暮らしをしようという話も出てこなかった。

母と似た陽気さで、家の温度や灯りの強度を上げていた。

「ひとちゃんは？」

「え、何が」

「大学生とかになったら、出て行くの？」

机に頬杖をついて、一片の目を覗き込んできた折崎《おりさき》みかねの問いかけに、一片はこてんと首を傾げた。考えたこともなかった。友人のみかねがそんなことを尋ねてきたことが驚きで、でも自分が考えなかっただけで、一般的な疑問でも間違いではないのか、と納得もした。

「……私は、別に」

「出て行かないのか」

「え……う、ん。というか、考えてないよ、まだ。そんなことは先だし」

「へえ」

そうかあと気の抜けた相槌を打つものだから、一片は傾げたままだった首を元に戻して、訝しげな視線を送ってやった。

「何、出て行かないのが残念なの」

「そんなことないけど。ひとちゃんってクールそうだけど、けっこうのほほんとしてるんだね」

「悪口かな」

「いやぁ、本当の君を知っているって言いたいの」

今時珍しい三つ編みを、肩の後ろへ流す。細く編まれているそれは、いつ見ても綿密だ。毎朝自分で結っているらしい左右のそれに、髪のことなど無頓着な一片は感心する。

女子というものは、よく内部の事情を交換し合っている。少なくとも、一片の目から見て、この教室内では散見されていた。そういうのが苦手な一片は、踏み込んでこない立ち位置から動かない折崎みかねの姿勢が好ましかった。

故に、〝ひとちゃん〟なんて可愛らしい、自分には似つかわしくない呼び名も容認している。容認なんて言い方は傲慢かもしれないけど、嫌なことをされてにこにこなんてしていられない。当初はさんざんやめるように言い含めてきたが、ついぞ呼び名が変わることはなかった。

「折崎さんこそ、外見はぽやっとしてるけど、妙に冷めてると思うよ」

「ひとちゃんはいつまで経っても他人行儀だねえ」

やれやれ、とまで言われる。別にいいではないか、ちゃんとした他人との距離の取り方だ。

「ひとちゃん、みかちゃん、とこなきゃ」

「……そんなふうに呼ばれたいようには見えないけど」

担任が教室に入ってきて、みかねは前に向き直った。話している最中でも、名残惜しさの欠片も見せないところも、けっこう好ましかったりする。なんだかんだ言って、この友人には好ましいところが多いのだ。嫌いじゃないんだよなぁ、と口の中で言葉を転がせた。直接言ったら、どんな反応をするのやら。そんなことわかっていると笑うのか、面食らうのか。どんなパターンもありそうだが、よくわからない。底の底までわからなくていいと思っているから、問題はなかった。

HRも授業も、何事もなく時間と共に流れていく。そんな中に身を置きながら、意味があるのかないのかも不明な思考を昼休憩のチャイムで散らせた。

「おっぺんとぉー、おっぺんとぉー」

大して嬉しくもなさそうに淡々と歌いながら、お弁当を手にしたみかねがくるりと回って一片と対面する。まだ筆記具やノートやらを片づけていた一片はその早さにぎょっとし、一瞬動きを止めてしまった。

「早く食べよう」

「……お腹すいてるの？」

「え、すいてるよ。お昼だもの。不思議なこと言うねえ」

ははは、と乾いた笑いに「そっか、そうだね」と自分を納得させるために言うと、一片も鞄をさぐる。

みかねは、およそ人間らしさが薄い気がする。機械とまで言えば悪口になってしまいそうだが、それでも表情が豊かとは言えないし、何かで一喜一憂するという姿を見たことがなかった。そこで、ふと気づく。みかねの人間らしさを考えている場合ではないと、強く呼びかけてくる。

いつも父が作ってくれるお弁当が何故だか見当たらず、鞄を抱え込んで中を覗き込んだ。

「どした」

「……ない、あれ？　なんで？」

今朝、持ってこなかった？　はて、と考えても、いやもうどう考えても、作ってもらったお弁当はテーブルの上に置かれたままだ。別に慌てていたわけじゃないのに、うっかり忘れてきてしまったのだ。

「…………」

「ひとちゃん、大丈夫？」

「え、驚いた……」

「何、お弁当忘れたの？」

「うん」

尚も鞄を覗き込んだまま頷くと、みかねは「まあ」とのんきな声を上げた。待っている気はなかったらしく、もうお弁当を広げ箸で白飯を摘んでいる。

「購買部にでも行く？」

もぐもぐと咀嚼し、飲み込むと、みかねは提案してくる。頭がお弁当を忘れたという事実に衝撃を受けてぐるぐるしていたところ、みかねの妥協案といっても過言でないものに、はっとした。

「ん、行ってくる」

鞄に入れっぱなしの財布を摑むと、席を立った。

「昭島《あきしま》！」

突然名字を呼ばれ、それでも購買部に向かうことに必死になっていた一片は、みかねに袖を引っ張られた。

「ちょい待ち、呼ばれてる」

時間が惜しいのに、と思いながら教室の扉の前に立って一片を呼んでいた担任の元まで行く。思い切り不満そうな顔で見上げるけど、気にしたふうでもなく、呼び出しに従った生徒の姿に満足してすらいそうだった。

「お兄さんが忘れ物届けに来てるから、職員室まで来なさい」

「えっ！」

用件だけ伝えると、スーツ姿の担任は去っていく。その背中を見送り、今言われたことを反芻させた。お兄さんとは私の兄だろうか？　間違いなく？

「ひとちゃん」

教室のざわめきに混じって、みかねが名を呼ぶ。澄んだ声は、張り上げてもいないのにまっすぐ一片の耳まで届き、振り向かせた。行ってきな、と口をぱくぱくさせ、しまいには手を振って送り出してくる。

ざわめきと、みかねに見透かされているという居たたまれなさで、一片はその場を離れた。職員室に向かおうというよりも、逃げたかった。廊下には生徒がちらほらいるけれど、一片を知っている人間ではない事実が、幾分か気持ちを楽にさせた。顔見知りよりも、もっと強そうな関係である友人と一緒にいることは、様々な感情をもたらしてくれた。

でも、一人になりたいときが急に来たりもする。

ほ、と安心してしまう。友人が、みかねが嫌いなわけじゃないのに、一人の時間がないと息が詰まってしまう。

開いた窓から吹く風が頬を撫でて、やっと呼吸がしやすくなった気がした。ふと、他人と一緒にいることに向いていないと自覚する、この瞬間は寂しい、いや違う、なんだろう。

不思議だ、とまた思う。

他人との触れ合いが恋しいときだって、たしかにあるのに。

それが物理的だろうと、心であろうと。

それはたしかに、存在するのに。

「……っ」

感傷に浸っている時間なんて、そんなに長くないと思っていた。まだ離れて半日しか経っていないのに、どうしてか目の前にいる身内に息をのむ。

泣かない。泣かないけど、泣きたいような感覚。鼻の奥が、少しだけつんとする。

辿り着いた職員室で、パイプ椅子にちょこんと腰かけていた紀月が、入り口でぼんやりと立っている一片に気づくとぱっと破顔し、挙げた手をひらりと振った。

「おー、ひとらー」

「……っ、何、してんの」

暖房が効きすぎて、むあっとする職員室内に足を踏み入れる。それでも外から歩いてきた紀月は寒いのか、どこの誰に借りたのかブランケットを膝に載せていた。

「弁当忘れただろ、もう昼休憩になっちゃって悪いけど」

「……お弁当」

「もっと早く届けられたら良かったけどさ、昼何時まで？」

言いながら腕時計を確認している紀月に、不意に抱きついてしまいたくなる。そんなことこの場でできないし、仮に家だとしてもそんな真似ができるはずもない。でも衝動だけは、一片の中にあった。叶わないことを我慢するのは、心に負担がかかる。すぐにその衝動すらなかったことにし、足元に視線を落とした。来客用のスリッパを履いている。

それが滑稽でいて可愛らしく、またもや胸を突くような衝動に耐えなければいけなくなった。対象が同じ空間にいる、目の前にいればそれは当然なのかもしれなかった。どんな些細なことでも、紀月であれば愛しくなる。

「ひとらー?」

暴走する心臓を何とか追いやっているところへ、瞳を覗き込まれる。驚いて、声にもならない声が出て、一歩後ずさった。

「あぶね」

ぐいと腕を引っ張られ、今度こそ「ひあ」と思ったより大きな声が出た。後ろを振り向くと、体育を担当している西浜がいて、危うくぶつかってしまうところを紀月に引き戻されたのだ。

「腹減ってふらついてんのか?」

か、と頬が熱くなる。暖房によるものではない、種類のまったく違うものには、羞恥が多分に含まれている。

「う、るさい」

家にいるときよりも、なんて弱々しい声なんだろう。

抵抗はその言葉の意味を成さず、ただ空気中に溶けて紀月を笑わすだけだった。

「ほら、早く食いなさい」

と言って渡されたお弁当を、不機嫌さを隠さないまま受け取った。きっと紀月は……わからないけど、自分に嫌われていると思っているだろうな。お兄ちゃん、と可愛らしく呼べない妹はいつもつんけんしていて、好意なんかちっとも見せなくて、困ったものだと思われているのだろう。

なかなか動かない一片を少し不思議そうに眺めながらも、紀月は椅子から立ち上がった。

「んじゃ、行くわ」

「え、帰るの」

「大学戻るよ、ずっとここにはいないよ、そりゃ」

ぬくいけどね、と膝のブランケットを折り畳む。お弁当を持つ指に無意識に力がこもって、頭の中がぐるぐるしているのは必死に言葉を探しているのだと知る。

「早く食えよ、腹減ってるだろ」

「……」

うん、と素直に頷けない。けれど、そもそも紀月は、一片の返事を期待していなかったように振る舞う。それは今までの、自分の行いの所為に他ならなかった。

「おかえり、ひとちゃん」

とっくにお弁当を食べ終え、購買で買ってきたらしいサンドイッチをもぐもぐしながら、みかねが一片の帰還を出迎えた。

「あ、お弁当。届けてもらったのか。早く食べないと時間なくなるよ」

あむ、と残りのサンドイッチを口に放り込むと、ペットボトルのキャップを捻った。頷くこともサボって、席に着くとお弁当の包みを広げる。いつも父親が作っているお弁当がそこに鎮座していた。

「美味しそう」

自分のお弁当も、さらに追加で買ってきたサンドイッチも完食しておきながら、尚も人のお弁当を見てそうつぶやく。話しかけているわけでもなく、淡々ともらすみかねの言葉が、遠くのほうで聞こえるようだった。

感謝すべきは、父親だ。でも、忘れ物を届けてくれた兄にだって、感謝しなきゃいけないのだ。そういう使命感のような感謝をされても、二人とも喜ばないだろうに。どんなに恵まれていると思っても、どこか空虚な感情が訪れることが決まってあった。

孤独が良くて、でも嫌で、すっきり白黒つけられる感情なんてない。それでも、この矛盾をどうにかしたいと、空に浮かぶ雲を摑もうとするみたいに無駄な努力を続けている。

自分はどちらになりたいのか。もちろん、一人でも大丈夫なほうがいい。生まれるときも死ぬときも、命を与えられた生命体は一人で、一つなのだ。一のまま、生まれるし死んでいく。生きている間に他人を求めてしまうのは、きっとその弊害なのだ。命がある間だけは、せめて共存していたい。

他人に触れて、他人の熱に自身の熱を溶かし合いたくてたまらないのだ。

自然の摂理。一片がどんなに拒んだって、そういうふうにできている。

「ん……？」

口に含んだ白米は、今この昼という時間なのにも拘わらずほのかに温かかった。保温されるわけでもない、いたって普通のお弁当箱。そういえば、手にしたときも感じたのではなかったか。

……電子レンジ？

この学校の中で一つだけ、電子レンジは職員室にあった。温められている、お弁当。やったのはもちろん、紀月だろう。

「……あったかい」

どうしてこんなことをするのだろう。明日から、冷めたお弁当を食べられなくなるではないか、と八つ当たりしてみても、こみ上げてくる感情はそんな恨み節で偽装しても消えてくれない。高まっていく熱は、程よく温められ適温になっているお弁当では、どうやっても言い訳にできるはずもなかった。この感情はなんだろう。すっとぼけてみる。そうでもしないと、自分の中で言語化されてしまいそうで怖いから。罪になるから。

まだ罪になっていない気か、と責められても、今はどうでもよかった。

もう間に合わないかとも思ったが、完食する前に胸どころかついでにお腹も満たされてしまい、ふぅと息を吐いたら予鈴が鳴った。みかねは、がんばれーとやる気のない応援をしていたが、予鈴を聞くとくるりと前を向き、次の授業の準備を始めた。一片も諦めて、お弁当箱のふたを閉じると包み直す。せっかく紀月が温めてくれたのに、授業が終わってから食べたのでは、もう冷めてしまっている。

流れる時間をここまで恨めしく思うのも、一片にとっては珍しかった。サボってしまおうかとも、考えなかったわけじゃない。でも、単に動くのが面倒だった。

ペットボトルのお茶を傾けつつ、机の中から教科書やノートを探そうとする。行儀が悪いが、面倒ついでにやってしまう。だが、上を向いているのに机の中にある次の授業の教科書をピンポイントで見つけだすことはできず、結局お茶のふたを閉めてから、改めて探す。

周りはすでに準備をし、教師が来るまでの時間を有意義に使っているつもりなのか雑談に興じていた。前の席のみかねは、教科書か小説でも読んでいるのか、熱心に手元を覗き込んでいた。そちらのほうが有意義だよなぁ、と頬杖をつく。

一片の席は廊下側なので、窓の外を見たくとも教室全体が視界に入ってしまう。目を閉じて、教室内のざわめきではなく、思考する声に耳を澄ませた。

「……お弁当」

口の中で、単語を転がす。

父親の手作り。忘れたそれを、届けてくれた紀月。

何とも家族愛にあふれた昼食ではなかったか。

学校生活、一日の折り返しで起きたキーワードは、やたらと頭の中を巡っている。

言わねばならないことがある。巡っているのは、引っかかっているから。

重々わかっているが、実行に移せないというのは端から見ればわかっていないと糾弾されてしかるべきことだろう。

もやもやとするのは、すべきことをしていないから。言えていないから。

でも、だからといって。

「……素直になれれば何も苦労しないって」

誰に向けたかも定かではない言葉は、実際に喉と空気を震わせて発せられたけど、幸いにもざわめいているこの場では誰の耳にも届くことはなかった。

時間をやり過ごせば、放課後になる。そんなつもりはなくても、無意識のうちにため息がもれた。重苦しいものが胸の内にあって、精神がそれをため込まないようにと心と身体を気遣い、少しでも吐き出させようとしたのかもしれない。

繊細なものだ、心なんて、何か一つでも引っかかっているとこんなにも鬱屈としてしまう。それでも些細なきっかけで、ころっと反転もし得るのだから、つくづく自分でのコントロールが利かないなと目を伏せた。

食べ残したお弁当を持って帰るのは憂鬱だ。父親は何のこともないような顔をするだろうけど、その腹の底ではどんな感情に見舞われるのかが想像するときりがなかった。

「ひとちゃん、帰らないの？」

もう教室には、人がまばらだった。みかねは鞄を肩にかけ、帰る準備は万端のようだ。いつもなら、一片がもたもたしていても自分の用事を優先しているみかねが、今日に限って声をかけてきたのは、一片が浮かない顔をしているからなのかもしれない。

「ん……帰るよ」

「ねえ、熱でもあるの？　顔赤いけど」

「え、っ」

びくっとして手の甲で頰を隠す。嫌だ、踏み込んで欲しくない。いつものようにそっとしておいてよ。声には出せない最低な本心が、喉を伝って口から吐き出されたいと訴えてくる。でも、違う。そんなことを思っても、みかねにそう言いたいわけじゃない。違うのだ、だって、みかねは心配してくれている。決して揶揄したいわけじゃないのだ。

……本当にそう？　相手の心の内なんて、絶対にわかるはずないのに。

胸の内に、濁流。

とっさにどうすればいいのか判断できなくて、俯いたまま黙り込んでしまった。

「あー……」

少し居たたまれないというような、彼女にしては珍しいその場しのぎの声に、ますますどうしていいかわからず混乱する。このまま去ってくれないだろうか、また最低な本心が顔を出す。もう引っ込め、という本心に対して反抗的な声も出せない。いつしか頭は真っ白になって、この場が自然に収束していくのを待っていた。

「……あ、夕陽の所為かぁ。真っ赤なのは」

じゃあ明日、と言ってみかねはあっさり教室から出て行った。教室には、さっきよりも少ないけど、まだ何人か残っている。がたん、と席を立つと手ぶらのまま廊下に出た。みかねが向かったであろう昇降口とは逆方向、小走りで進んでいく。どこか、人のいないところ。どこでもいいから、とにかく一人になれるところ。

全力疾走をしたわけでもないのに、息が乱れて肩が上下する。だんだん人気のないほうに来ると、足を止めて壁に寄りかかった。誰もいない。誰もいないことに、ほっとする。

ふーっと細く息を吐き出すと、少し気分が楽になった。

「………何を、動揺してんだか」

手の甲で頰を擦る。驚いた、心を覗かれたのかと思って、でもあとから思えば何のことはない、他愛のない話に過剰反応した馬鹿みたいだった。

帰る、というワードに反射的に家を連想した。家に帰れば、もう紀月は帰っているだろうかと考えていたところを、みかねに指摘された。手の付け根で、目の辺りをぐりぐりする。肩から後ろに髪が流れていった。

「あーあ……」

ため息なんて吐いても、何も変わらないのに。無駄なことをどうして繰り返してしまうんだろう。

弱肉強食の世界の最たる野生では、毎日食うか食われるかで必死に与えられた生を全うする動物だっているのに、人間という生き物はこういった些細なことでも、うじうじしてしまう。大自然の雄大さを思えば、こんな人間一人の悩みなんてミジンコよりも小さいに決まっている。

だから仕方ないと理解はできるが、矛盾する気持ちとの葛藤などが綺麗さっぱり消えることもないのだ。それが人間の悪いところで、良いところなのかもしれない、今の一片には何の慰めにもならないが。

強ばっていた肩の力を意識して抜くと、しばらくその場に佇んだ。

「おかえり」

帰宅し、鞄を廊下に置いて靴を脱いでいると、リビングから声がした。扉の開閉音で帰宅に気付かれたらしい。それもいつものことで「うん」とか「んー」とか、とにかく気怠そうにいい加減に返事をする。快活に「ただいま」なんて挨拶は、到底できない。

玄関に上がり、リビングの扉の磨り硝子の灯りをぼんやり眺めていると、人影が映ってはっとした。

「おう、おかえり。どうした」

「別に」

顔を出した紀月から逃げてふいっと顔を逸らし、リビングの手前にある自室にさっさと入った。あの磨り硝子の灯りを思い出す。もしも、紀月の気が変わってこの家から出ていくとなったら、一片よりも帰宅が遅い父親ももちろんいなくて、あの灯りは消えているのだ。それを思うと、ああして灯りが点いていることは、とても大切な気がしてくる。

一人になりたいとあんなに思ったさっき。

でも今はこんなに、自室でさえも一人でいるのが落ち着かなくなる。

何か言葉を交わしたいような、会話がなくても人の気配を同じ空間に感じていたいような、ほんの少しの心細さ。今すぐに、どうにかなってしまいそうなほど切羽詰まっているわけじゃない。ちゃんと自制はできる。ただ心の隅で弱気な部分が素肌を晒してくる。それでもほとんどの領地を占めるのはまだ理性的なものだった。

けれど油断すれば、弱気が心を沈めてきて負けそうになる。払うようにかぶりを振り、目の奥が痛くなるほどきつく閉じた。負けない、負けちゃいけない。何に、だろう。まだ紀月は家にいるのに。出て行くと決まったわけでもないのに。可能性に怯えているのか。またそんな、無駄なことをして頭を疲れさせるのか。

自室の扉がノックされ、大げさに肩が跳ねた。心臓が縦長に引き延ばされた感覚が気持ち悪くて、すぐに収まらない鼓動を持て余す。

「ひとらー、ちゃんと手、洗えよー」

「……」

「制服ちゃんと脱げよー」

「……」

「そのまま寝るなよ」

「……」

「せめて兄ちゃんの顔見てからにしろよ」

必死に詰めていた息が、意識しなくても止まった。

ドアノブにかけていた手にぐっと力がこもり、意図せずノブが下がった。すると、扉に寄りかかっていた紀月がこちら側に倒れ込んでくる。一片は驚き、それでもとっさに横に退け、紀月もまた自身の足で床を踏み締め、事なきを得る。

「びっ……くりした」

「こっちのセリフだろ……」

「いや、そんなドアにくっついてると思わないし……」

それぞれが鼓動をどくどくさせているけれど、二人のそれはまったく同じ種類のものとは言い難かった。こうして普通に話すことができる。でもひとたび意識してしまえば、それは自然ではなくなるのだ。

不意に、限界が近いことを知る。もっと言えば、とっくに限界なんてものは超えているかもしれなかった。それを、一片が紀月と一緒に居たいがために、その気持ちだけで限界を抑えつけていたに過ぎない。

どうして嫌いになれないのだろう。

同じ家で生まれて、一緒に過ごして。それでも男と女で過ごし方も違い、この家では父親と母親で環境も違っていた。自我が芽生えれば、もう二人は違う方向を向いていた。それがいけなかったのだろうか。もっと近くにいれば、嫌なところも見えてきて、嫌いになれていたのかもしれない。なんで、こんな半端な反抗心しか残っていないのか。

本当はもっとそばにいたいのを我慢する。触れてしまいたいのを抑えつける。欲求が満たされなくて、心がどんどん蝕まれていく。しんどいのも苦しいのも、紀月がここにいるから。でもこんなに、どうしようもなく甘く心が締め付けられるのも、紀月がここにいる所為に他ならなかった。

触れたら終わりだと思っていた。だから、だから。

でも。

「ひとら……？」

「…………」

張本人は、躊躇もなく一片に触れてくる。頭を撫で、髪を梳き。

猛毒だった。

「っ」

その手に、そっと触れてみる。紀月は振り払ってくるはずもなく、大人しくそれを受け入れた。触れることを責めるわけもなく、むしろ様子がおかしい一片を心配するように目を覗き込んでくる。

その無防備さに、腹が立つ。そういうところが、嫌い。ああ、あった、嫌いなところ。

でもそれは、役に立たない。もっと甘みが増すように、一匙振り入れられた塩のようなものだった。

本当に無防備だった。危機感のかけらもない様子が、逆に笑えてくる。そりゃそうか、妹だもの。兄が妹に、襲われるかもしれないなんて身の危険を感じたりするものか。

……そうかぁ、妹かぁ。

唇と唇は、あっさりと触れあった。

どん、と肩を押されて、距離があく。

「なに……？」

口を手の甲で押さえて、泣き出しそうなほど潤ませた目で見つめ返される。それが扇情的に見えるのは、どうしてだろう。自分は、妹なのに。

「な、なぁ、ひとら、どうした……」

「出てって」

両肩を押し、部屋から紀月を追い出す。扉を、丁寧にとはとても言えない勢いで閉めて、鍵をかけた。紀月は扉の向こうであう、と動揺したように上擦った声を上げていたが、さっさとベッドまで行って布団へ逃げ込んだ。唇に指先で触れようとして、気付く。あ、帰ってきてそのままの手で、そのままの格好で紀月に触れてしまったのか。

「お風呂入ってからが良かった……」

外の匂いやら何やらを纏ったままとは、悔やまれる。ただでさえ汚れた感情で紀月に触れたのに。せめて、表面上だけでも綺麗にしていたかった。

唇にはまだ感触が残っている。この感触を、このまま永久保存したかった。もう触れることは決してできないのなら、脳髄に刻み込まなければ、なんともったいないことだろう。

熱に浮かされた頭はじわじわと、次から次へと沸騰していく。つま先から指先まで、ぴりぴりと痺れていた。手の甲で触れた頬は熱くて、自身の手の冷たさが心地よい。

触れてしまってから、ぐるぐると考えてしまう。衝動もあったけれど、どこかでまだ理性は残っていた。それでも触れたのは、もう単にそうしたかったからだ。内からあふれ出るものを抑えるのも馬鹿らしくなるくらい、紀月の瞳が綺麗で愛しかった。

「……嫌いになった?」

届かない声を、それでも出さずにはいられなかった。

こんな真似をした一片を、紀月はどう思っただろう。不思議に思っただろうか、嫌悪しただろうか。たった一回触れられれば、少しは満足すると思ったのに。ちっとも満たされないと考えたところで、やっぱり自分のことばかりだなと、肩を後ろに引いて物事を見ようと意識する。もっと身を引いて、俯瞰してみないと。じゃなきゃ、紀月がどう思っているかを考察できない。

嫌い、ではなかったものが、唇同士が触れることによって決定的なものになるか。紀月の反応を思い返してみる。嫌がった、というよりも驚きが先行していただろうな。それには、少しの希望が混じっているかもしれないが。

そこで、ようやく思い至る。希望を持っているのか。

兄である紀月と、未来があるなんて希望を。

それはつまり、紀月が一片と同じ感情を持つという意味だ。兄妹としてではなく、互いが互いを一人の人間として見るということだ。紀月が、自分を妹としてではなく、それ以上の感情を持って、見てくれる。触れてくれるということだ。「んんん」唇を閉ざしたまま声を出そうとして、結局唸っただけになった。

そうか、これは反撃の狼煙になったというわけだ。

「…………」

そう、のんきに捉えていてもいいんだろうか。いつだって最悪の事態を想定しておかないと、浮かれていた分裏切られたときがキツい。

ごろん、と寝返りを打つ。いい加減、制服を脱いで手を洗いに行かなきゃいけない。そう思うけど、身体は動くのを拒否している。気持ちはふわふわと浮いているが、身体は怠い感じがした。夢心地で、微睡んでいる感覚が気持ちいい。

一片がまだ小学生だった頃。今よりも、身体も精神もうんと未熟だった。母親は兄ばかり構っていたけれど、父親がいたから自分が愛されていないなんて思っていなかった。自分はちゃんとここにいて、誰かから必要とされていないなんて微塵も思っていなかった。受け入れられる存在だと信じて疑わなかった。もっと正確に言えば、まだそれは無意識のことで、意識的にそう考えていたわけではない。生まれてから、まだ数年しか経っていない、年齢がまだ一桁だった頃。でも、ちゃんと感情がある。

風邪を引いて、学校を休んだ。次の日に熱は下がったけれど、大事をとって休んだ。二日間の欠席。一昨日まで一緒に遊んでいたクラスメイト達は、自分が居なくて寂しがっているだろうと、思って。学校に着き、逸る気持ちで上履きに履き替えて。ランドセルをがちゃがちゃ鳴らしながら、廊下を足早に進み。たどり着いた教室の扉を開けた。

力が入ってしまったのだろう、取り分け大きな音が響いて、教室にいたクラスメイト達は一斉に振り向いた。

『あ……』

その視線に、鼓動が高鳴った。皆、待っていてくれた。弾む息のまま、教室の中央へ駆けていく。

『ごめんね、心配かけて。風邪治ったよ！』

笑顔で、言った。

でも教室の空気はしんとしたままだった。誰も、一片が快復して登校してきたことを喜んでいないふうだった。

『心配なんて、別にしてないよ。たかが二日休んだくらいで、心配してるなんて思ったの？』

ツインテールがくるくるしている女子が、冷たく言い放った。ジャンパースカートのピンク色が、やけに鮮やかに記憶に残っている。

心配なんて、してないよ。

言われた言葉を反芻し、猛烈に恥ずかしくなった。何を当然のように、心配されていたなどと思ったのだろう。そうだ、クラスメイトは所詮クラスメイトで、仲の良い友人などでは、決してなかったのだ。今まで毎日、一緒に遊んでいたのは、そこに一片がいたからだ。たまたまそこにいて、混ぜてもらっていた。でも、欠席で毎日続いていたものが途切れてしまった。

だから、クラスメイト、主にクラスの女子たちは一片を見限った。もう、一片の存在はいらない、と。

か、と羞恥で赤くなった。逃げ出したいのをぐっと堪えると「そっか」と頷くことによってこの話を終わりにした。肩にかかっているランドセルが、急にずしりと重くなった。

冷たい視線はやがて一片から外され、残された一片はそそくさと自分の席へ向かい重かったランドセルを机に置いた。

ぐっと唇を噛んで、次々に生まれてくる嫌な感情をやり過ごした。どうして、どうしてと問いかける。心の中だけで行われる問いに、答えてくれる者は誰もいなかった。やがて、そうか、と納得していく。自分がいなかったから、世界は変わってしまったんだ。一片が家のベッドで眠っている間に、この教室は変わってしまったんだ。そうか、なら仕方ない。風邪なんか引いて、寝込んでいた自分が悪いのだ。二日だったのが、いけなかった？　未練がましくもそう考えずにはいられなかった。休んだのが一日だけだったら、変わっていく世界に間に合った？　二日間だったから、完全に間に合わなかっただけで。……悲しいのか悔しいのか、とにかく黒に近い灰色が体中を満たしていった。

自分とは、こんなものだったんだ。この程度の存在だったのか。世界は、今まで一片を甘やかしていただけで、本当はこうなんだよと現実を見せてくれた。

目が覚めて、ずいぶんと懐かしい夢を見たのだと理解した。いつもまっすぐな髪は額に浮いた汗で湿っており、頬に張り付いていた。

「寝覚め最悪」

浮かれていた自分への戒めだろう。忘れるな、と言いたいのだろう。懐かしい夢は、決して微笑ましいものなどではなく、過去の嫌な思い出そのものだった。

そんなこともあった、と今なら思える。あのときは、家に帰って紀月の顔を見たらもう我慢なんかできなくて、大泣きした。理由は恥ずかしくてどうしても言えなくて、とにかく涙を次々とあふれ出させながら泣きわめいた。まるで自分が世界から放り出されたような感覚。

紀月の首に腕を回し、わんわん泣いて、紀月はさぞかし困ったことだろう。泣いていた理由を言おうとする気に結局なることはなく、紀月の中で永遠の謎として扱われていてもおかしくはなかった。紀月がその出来事を覚えていれば、の話だが。人間に何も期待できなくなってしまった。そもそも、自分のことばかりなのだ、と思う。皆がこっちを見てくれない、構ってくれない、私はいらない人間だと後ろへ考えては落ち込んで、もういい、としまいには拗ねてそっぽ向く。高校生になっても子供のままで、あのときの経験の所為で自分の価値観を疑い続けている。

「！」

洗面所で紀月と鉢合わせになった。一片よりも、紀月のほうがぎょっと目を見開き、息をのむ。タオルで拭っていた顔に汗が滲んだのか、顔を逸らしたいからなのか、顔をごしごしとまた拭う。

「お、おはよう」

「……ん」

なんとも上擦った声に、顎を引く。緊張がこちらにまで伝わってくるのが、なんだか悪くない。昨日の朝まではまるで違う感情で、紀月は一片の存在をその身で感じている。意識してくれている。緊張でその身を強張らせている。避けられるか、とも思ったがそういうことをしない人間だとは思っていた。でも、実際に顔を合わすまではどちらだか判断できなかった。どっちも考えられたから、わからなかった。でも結果、気まずそうにはしていても避けないでくれた。

お人好しだなぁ、と我が兄ながら思う。……いや、一片を思って無視しないのももちろんあるだろうが、紀月自身そういう陰湿なものが嫌いなのだ。あのときのことを今ここで告白したら、怒ってくれそうなくらいには。

「私が一回も寝坊したことない、って昨日言ってたよね」

「え？」

「それって紀月もしてないから言えるんだよね」

「それは……まぁ、ね？」

「自分のことなのに他人事なんだから」

「…………」

昨日までと違い、紀月が沈黙してしまう。珍しい光景に、不謹慎にも楽しくなってくる。

「へんなやつ」

「ひ、ひとらーはさぁ！」

「そういうとこもいいよね」

紀月の言葉を無視して言い切ると、絶句してしまった。その顔があまり見ない間抜けなもので、顔が緩む。からかっていると思われては心外なので、きゅっと引き締めたが、にやけたのはバレてしまっただろう。

「お、お前さ……その、あの」

「うん」

相手が動揺し、要領を得ない言葉を発するのを大人しく聞いている卑怯な自分。私はこんなに、意地の悪い人間だったのか。紀月がそうさせる。紀月がそうやって、何を言うのかは知らないけど言葉を詰まらせながら、潤んだ瞳でこっちを見たり逸らしたりするから。

またすぐに、触れたくなる。

「…………」

触れてもいいのなら、構わない。けれどどうせ我慢を強いてくるのなら、その無防備さはとんでもないものになる。ぐらり、と眩暈に似た感覚を味わう。昨夜触れた記憶はいまだ生々しく残っていた。これが風化してしまうなんて、耐えられない。

もちろん、理性はあるしまだ我慢なんてできる、できると思っている。昨日の今日でどうにかなるなんて一切考えていない、きっと長期戦になる。可能性が少しでもあるのなら、一瞬で玉砕するよりも長くじっと待つことによって得られるものを選ぶ。

「……………ねえ」

なかなか言葉を発しない紀月に痺れを切らしたわけではない。こうして姿を眺めていられるのは良いのだが、如何せん自分で思っていたよりも我慢強いわけではなかったみたいで、頭の右側がじんじんする。

「時間へいき?」

「え、あっ!」

ようやく瞳が、意識が自分から離れて、紀月は慌てて支度をしに自分の部屋へと戻っていく。首を捻ってそれを見送り、一片も洗面所へと足を踏み入れた。いつも早起きだから、遅刻する時間ではない。それは紀月だってわかっているだろうが、お互いがいたたまれなくなって、一片の一言は動くきっかけとなったに違いない。

これでいい、今のところは。

一片自身だって、きちんと気持ちを整理できたわけではないのだから。時間が必要なのは、お互い様だ。紀月が一片との関係を、どう考えているのか、これからどうするつもりなのか。全くもって見当もつかない。

一片は、今の関係ではないものを強く望んでいた。だからといって離れてしまうなんて、そんな真逆なものは考えたくもない。そういう変化ではなく、もっと濃厚な関係性を築きたいと思っている。昼同士が触れてから、靄がかかって見えにくかったものが急にクリアになった気がした。自分の欲望がはっきりとした、といってもいい。

漠然としていると思われた気持ちは、結構しっかりと意志を持っていたことになる。

「あー、かわいかった……」

そう、紀月は兄だけど、妹にそんなふうに思われているなんて思っていないだろうけど。かわいいことは事実であった。少なくとも一片の目には、間違いなく。

「彼女いるのかな……」

昨夜は考えもしなかったことが不意に浮かんで、急激に心配になってくる。

兄妹でそんな話をしない。そんな雰囲気を感じ取ったこともない。いない、と安心していてもいいのだろうか。「……………………………」

いともたやすく、学校をサボることを決めた。制服だと目立つのは当然なので、さっさと顔を洗ってから私服に着替える。着ていく服、つまりバレないように変装をしていくのだが、どんなものがいいのかと考えている間に、紀月は廊下をぱたぱたと歩き、先に出て行った。

扉の向こうで、一片が制服を身に纏っていると思い込んでいる兄は特に気にすることもなく、部屋の前を軽快に通り過ぎていった。それでも普段と違うことをしていれば、こちらの緊張は否が応でも高まった。ほっと胸を撫でおろし、気を取り直してキャップを被る。

大学の場所は知っているとはいえ、校内に紛れ込まれてしまえば、その姿を捜し出すのは困難になるだろう。電車での移動中は、別の車両で最寄り駅まで向かう。先回りしようかとも思ったが、足がないので難しい。タクシーを捕まえることも、電車を降りる寸前まで悩んでいたが、大げさか？　と冷静な部分が訴えてきた。いや、全体的に冷静なつもりだが、どこかで高揚し、感情的になっているところがあるのも否めない。子供っぽくて嫌だなと思いつつ、キャップのつばをいじった。けれど、毎日紀月が通っている学校に行けるのは、やはり嬉しかった。紀月の新たな一面だって、垣間見えるかもしれない。これは調査なのに、と何度言い聞かせたって、容易く抑えられなかった。深呼吸をして、何とか落ち着こうと試みる。頬を、髪が撫でた。

「ん」

コンビニに入って行ったターゲットに反応し、足を止める。くるりと翻した身を、近くの電信柱に隠す。

コンビニの自動ドアに迎えられ、紀月が吸い込まれていく。中まで追うわけにいかず、その場に佇んだ。お弁当は持っているはずだし、いったい何を買うために寄ったのだろう。電信柱に隠れたまま、ちらちらとコンビニのほうを窺うが、これがなかなか出てこない。小さく開いた口から息を吸い、吐き出す。何とも疲れたようなため息になって、それを誤魔化すように前髪の毛先を目先まで引っ張って眺めた。スマートフォンで時間を確認する。いくら余裕を持って家を出たとはいえ、ここでこんなに時間を使ってしまえば意味がなくなってしまうのではないか。

一片と同じで、時間ぎりぎりに行動するのを好まないはずなのに。

何度目かわからないが、また振り返ってみる。いくらなんでも遅い。何をしているのだ。そこで、昨日の朝の出来事を思い出した。万引きと勘違いされた同じ学校の男子。紀月はそんな紛らわしい真似をしないだろうし、助ける側で何か揉めているとか。あり得ないことではない。電信柱から背中を離すと、まっすぐとそのコンビニに向かっていった。

店員のやる気のない声に迎えられ、きょろきょろと辺りを見回す。といっても、商品棚の並びがある所為で中が全部見えるわけじゃない。それでも広めの店内では、客が数人いる程度では窮屈さを感じなかった。

いや、そんなことよりも、店内で揉め事が起きている様子はない。棚を一つ一つ順番に覗いていっても、紀月の姿が見当たらない。疑問符がじわりと汗を滲ませる。まさか、入れ違いで店から出てしまったのか？ 慌てて踵を返すと、注意していなかった背後に人がいたらしく、ぶつかってしまった。

「す、すみません」

見ると、スーツを着たサラリーマンが一片をじっと見ていた。ぶつかられて迷惑そうにしている、というよりも、物珍しそうに丸くした目でこちらを見ていた。

一片も思わず、相手をまじまじと凝視してしまうが、特に知り合いというわけでもない。謝っているのに、何も言わずただこちらを見てくるサラリーマンに不気味さを感じる。「じゃ」と言うと出口を目指した。

「……あ、昭島の妹だよね」

「え？」

店の外に出た瞬間、そう聞こえて振り返ると、追いかけようとしていたらしいサラリーマンが自動ドアに挟まった。

「あ」

一片は、自分の名字を呼ばれたことで同情をすればいいのかもわからないまま、口をぽかんと開けた。

自動ドアは異物を察知し、がーっと音を立てて開いた。解放されたサラリーマンは、命辛々みたいなふうを装って、こちらに寄ってきた。

「ひい、食われるとこだった」

「……紀月の知り合いですか」

「昭島でしょ?」

「……ええ」

「うん、そう。昭島の先輩。そうか、あいつ名前そんなだったっけ」

ころっとして言う。後半は独り言のようだった。

「なんで私を知ってるんですか」

「うーん。奴の名誉のために、黙っとくべきかな」

「は……?　なんですか、それ」

「あいつシスコンだよね」

こちらの話をろくに聞いてもいないようで、これでは話しているというより、一方的に言葉をぶつけられているだけだ。しかし、雑踏に紛れて聞こえた単語には、ぴくりと反応してしまう。

「んー。今日って平日だよな……あれ、妹って大学生だっけ」

「違います」

「ふぅん」

またまじまじと見てくる。非常に居心地が悪い。

「あの、紀月ってシスコンなんですか？」

けれどサラリーマン、もとい紀月の先輩がようやく口を噤んだ隙を見計らい、気になっていたことを聞いてみる。それが事実なら、初耳だった。

「ほかに見たことないくらい、シスコン」

うん、と力強く頷く。一片が、こんな質問をしても特に気にしたふうもなく、紀月の様子でも思い返しているようだった。目の前にいるこの人は、学校生活の中に身を置いている紀月の姿を、様子を、知っているのだ。妹や家族が知らないことも、知っている。そして、学校生活という時間を、きっと共有していた。五つ年が離れている一片と紀月では交わることのなかった時間を、先輩や同級生は当然のように知っているし、持っている。

「妹のこと、よく話してたよ。名前も知ってる、ひとらーちゃん、だっけ」

「一片です！」

「ああ、あれあだ名だったのか」

「………」

軽い調子で笑われ、だんだんと腹が立ってくる。何故他人にひとらーちゃんなどと呼ばれ、笑われなければならないのか。馬鹿にしているんだろうか。

よほど、失礼しますと踵を返したかったのに、一片が知らない紀月の一面を知っているであろう人間が貴重に思えて、足の裏が地面から離れなかった。どうしようもない、と思う。餌を目の前にぶら下げられた馬か、自分は。

「うぉやっべ、遅刻する」

腕時計に目を落とした先輩がぎょっとして、今まで一片がしようと思ってもできなかった踵返しをあっさりとしてのけた。

一片が何を言う間もなく、先輩は走り出してしまった。

「なんて自分勝手な人……」

呆然と走りゆく姿を見送り、それしか出てこなかった言葉を小さくつぶやいた。

残ったのは、一人きりの一片と紀月がシスコンだという情報、そしてスーツの鮮やかな青さだった。今さらながら目を眇め、ため息を一つ吐くと、急激に今の状況を思い出した。

紀月のあとをつけていたのに、完全に見失った。周りを見ても、駅の方向に首を巡らせてみても、当然だが紀月の姿はない。あったとしてもそれはもう見つかってしまうのだが、もはやその心配すら無用であった。

思わぬ足止めを食らってしまい、焦燥感に胸を焼かれた。キャップを脱ぎ、つむじの辺りに爪を立てた。

外気に触れた頭は物理的に冷えて、髪を整えるとキャップを被り直して歩き出した。周りの歩みに合わせるように、急かされるように、ここにいることを嫌がるように。

電車に乗り、大学の最寄り駅を目指す。ラッシュがひどいので、各駅停車の電車に乗り込んだ。だいぶ到着が遅くなってしまうが、目標を見失った今となっては、急いでも仕方のないことだった。そう思うことで、焦りから浮く汗で滑らないように感情を沈静化させた。

これがちょっとした旅行だなんて思えるほど距離は長くないし、楽しいわけでもない。そもそも旅行に興味がなかった。外に出て楽しく遊べるのは、兄や母の専売特許だ。父は知らないが、一片は旅行と聞いてテンションの上がる人間ではなかった。面倒さが先行する。とどのつまり出不精なだけだ。それがこうして、学校をせっかくサボタージュしたのに電車に揺られているのは、理由が他ではない紀月だからだろう。逆にそれ以外で、外に出るまでの意欲が湧くことってあるのだろうかと本気で考え込んでしまうほどには、紀月ばかりだった。いろいろなことの理由が、紀月だった。先輩は、紀月をシスコンだと言っていたが、それなら一片は立派な、それも重度のブラコンになる。

「……そうかな」

空いているとはお世辞にも言えない車内で、言葉が頭を小突く。それって、お兄ちゃんが好きな下の子が言われることであって、一片に当てはまるのだろうか。兄に向けるべき分量以上に慕情を抱えているのに、世間一般的に使われるそんな単純な言葉で片づけてもいいものだろうか。

片づいてしまえば、楽なのに。そう思うような、それでもこの今の気持ちが特別であるような、ぼんやりとした感覚。世間とずれているなんて今さら過ぎるが、考え出したらきりがない。だから考えないのが一番なのだろうが、意識すれば巡ってしまう。いくら他のことを考えて紛らわせようとしても、困難であることしかわからない。

それだったら、紀月を考えていたい。世間とか、そんなものよりも、一人の人間の、紀月という存在を想っていたい。ドアに寄りかかり、しばし目を閉じる。今、紀月はどうしているだろう。もう大学には着いただろうか。妹の一片が学校に行っていないなんて、きっと露ほども心配していないだろう。正面に回しているリュックを抱きしめる。

紀月は一片に様々なものを与えるが、一片は紀月に何も与えることができない。それがもどかしいのなんて、とうの昔に過ぎ去ったことだった。だからといって素直になれ、と言われて素直になれたら本当に苦労しないのだ、もう何回目だろうか、この問答も。

「……いつも同じところにいるなぁ、私は」

俯いて、発した声はくぐもっていて、電車の音や周りのざわめきに紛れて誰の耳にも届かない。

それが寂しいのだろうか。

本当は、誰かに、いや、誰かではなくたった一人に届いてほしい。もどかしい。本当は、もっと、もっと、もどかしい。影響を与えられる人間になりたい。どうしてこうも子供じみているのだ。どうして、素直になれないのだ。

駅に到着し、ホームに降り立つと、身体中が外の空気に晒された。正面にしていたリュックを背負い直し、改札に出る階段を下りていく。一段一段、地面を踏み締める足の裏からの振動で、身体全体が上下に揺れている。それもすぐに終わり、電子マネーをタッチした。残額を確認し、外に出ると、いつもとは違う風景に身が引き締まった。

無事に大学に到着する。九時半だが、まだ大学生は入り口辺りにたくさんいた。スマートフォンをポケットにしまい、さてどこを捜そうと歩き出す。と、言っても簡単に見つけられそうもない、と諦念が顔を出すのに時間は必要じゃなかった。どこをどう歩き回っても、奇跡でも起こらなきゃ、もしくは連絡を取り合いながらでもないと、落ち合うことは、一片が紀月を見つけることは困難そのものであった。闇雲に歩き回るのも、日頃の面倒がるくせで早々に却下される。喉が渇いた。自販機で飲み物を買い、ベンチに座って一息つく。紀月が見つけられなければ、様子を盗み見ることももちろん叶わないわけで、ただこの空間で過ごしている紀月を想像するしかできない。想像するにしても、こうして実際に来ることで、より現実感が増す。それだけでもよしとするしかないのだろうか。

缶のミルクティーを傾け、口に含むと喉を伝って紅茶の茶葉とミルクが混じり合ったものが流れていく。風はないが、少し肌寒さを感じていた身にはホットミルクティーは美味であり、生存していくにあたって必要不可欠な代物だった。

「さて」

これからどうしよう、と首を巡らす。紀月が見つけられるとは思っていないが、それでも真正面一点だけ見つめているよりかは無駄ではないかもしれない。見知らぬ、自分よりも幾分か年上の表情や姿を目に映しては、流れていく。こんなにも人にあふれているのに、目的の人物はいないことが、悔しくなってきた。スマートフォンを取り出して、紀月につながるトーク画面を開く。かち、かち、と。文字を早く打ち込めと点滅するものが急かしてくる。

「んあー」

画面を切り、膝の上に伏せて置く。意味ないのだ、ここで連絡を取ってしまったら。紀月は、一片がここにいることを怒りはしない、だろう。けれど、呆れはするだろうか。笑ってくれてもそれは、困ったようにだろうか。

そう思うと、ますます見つかるわけにはいかない。

「お姉さん、うちの大学の人？」

影が被さり顔を上げると、いかにも大学生、という爽やかな青年がこちらを見下ろしていた。白いトートバッグを肩にかけている。

「…………んや」

「何してるの、寒くない？」

「さ、むいけど」

「中入ろうよ」

「ん……と」

どうしよう、寒いは寒いが、ここから動くのは信じられないくらい億劫だ。

「新入生？」

「………はあ」

つばを摘んで、深く被る。なんだろう、この男は。純粋な心配をしているのか、それとも怪しい人間なんだろうか。向こう側、ここの学生から見れば一片のほうが怪しいのかもしれないが、別に悪さをしようってわけじゃない、と言い訳をする。悪くて怪しい人間とは、他者を甘言で騙し、陥れようとする人間だ。こいつは、どちらだ。

「成島《なるしま》ぁ、何してんの、ナンパ？」

通りすがったその男の友人らしき者が、遠巻きに揶揄してきて、成島と呼ばれた男は笑いながら「ちげーよ」と返していた。

んー。

成島が友人を追い払っているのを、ミルクティーを飲みながら何となく見守る。あ、今の内に逃げておけば良かっただろうか。

「成島さん？」

「うん？」

「昭島って知ってますか、昭島紀月」

「え、うーん、わからないなぁ、どこの学部？」

「そうですか」

立ち上がり、自販機のそばのゴミ箱に空き缶を捨てる。ぬくもりをくれてありがと

「別に」

「じゃあ、どこ行きたいの？」

「どこ向かってるの？」

紀月の軌跡をたどるのを邪魔してくるということは、一片にとって害である。いつの間にか趣旨が変わっている、いや、そもそも軌跡は少し違う気もする。にっこり笑顔で当然のように後ろについてくる男は、いったい何が目的なのか、暇つぶしだろうか。そんな理由で私の邪魔をしようとは、と一片はだいぶ荒んだ気持ちになった。

なんだこの人。

「えー……」

「君は何故立ち去ろうとする」

やっぱり怪しい人間で間違いなし。紀月のことも知らないようなので、用は特になし。

何故言い淀む。

「んー」

「え、なんでついてくるんですか」

「ん？　どこ行っちゃうの」

う、ミルクティー。

「………」

「案内してあげるよ」

目を見張って、足を止める。それを受け入れ、成島はやわらかく微笑むだけ。眉を顰め、腹が立つのを自覚する。

「……は？」

「君、うちの学生じゃないよね。他校……っていうよりもまだ高校生かな」

「………」

紀月を知らないくせに、一片が高校生だということは見抜くのか。なんというか、そんなとんちんかんな感想を抱いてしまった。

「昭島紀月だっけ？　捜してるの？」

「はあ」

「あ、あからさまなため息をどうも」

「あなた変ですね」

「美人はどんな表情も美しいって本当なんだね」

「こんなちんちくりんに向かって、なんて嫌味ですか」

会話と呼ぶことさえ抵抗があるが、どこか嚙み合っていないそれは、交互に吐き出される言葉は、皮肉にもしっかりと相手に投げかけられていた。悪くないテンポだが、これっぽっちも嬉しくない。

「嫌味だなんてとんでもない、本心だし、事実なのに」

それはもう、眼科の先生に診てもらったほうがいいのでは。こんなにごく平凡な顔をしているのに。人をからかって楽しむ人間なんて別に珍しくはない、真に受けるほうがどうかしているか。

「はぁ……はぁ」

「ん？　さっきからため息止まらないねぇ」

「誰の所為ですか、そろそろあっちに行ってください」

どこに向かっているのか、どこに向かいたいのかもわからないまま、不審な人物を引き連れていたくない。迷うにしても、一人で止まったりして決めたいのに。

「案内するってば」

「知らないでしょう、私の行き先」

「昭島でしょ？」

「知らないでしょう、って、それを」

迷惑なんで、と睨みを利かすも、笑顔でそれを撥ね退けられる。うんざりしてしまう、こんなに知らない人間に絡まれるなんて、予想できなかった。誰もが知らない、こんなたった一人の一片を捕まえて、逃がしてくれないなんて。

　それからしばらく、本当にしつこく後をついてくる。その気配が離れないから、たとえ横を歩いていなくても他者といる緊張があって、肩がこわばった。もはや、紀月の様子を盗み見るためというよりも、助けてもらうために捜しているようだった。時々話しかけてくるが、それを無視されても穏やかな調子で気にしない。

「……暇なんですか」

「んー、そうだねぇ。……ねえ、ちょっと休憩しない。お茶でも飲もうよ。奢るよ」

「いいです」

「あ、そう。じゃあ行こう」

「いいって、行かないって意味です」

「日本語って難しいよねぇ」

　歩き疲れて立ち止まる。さっきとはまた違った、もっと濃厚なため息が漏れた。淀んだものを吐き出しても、ちっともすっきりしない。

「ほら、疲れたでしょ。行くよー」

　なんとも強引に、腕を引っ張られる。成島の言うように一片は疲れ切っていて、抵抗も何もかもが面倒になった。普段なら腕を掴まれるなんて、とてもじゃないが許せる状況ではないのに。……歩き疲れたのも、もちろんある。でもそれ以上に、大学の人の多さに辟易していた。どこに行っても人がいて、逃げ場がない。一人になれない。

なかば引きずられるように、たどり着いた学食と併設されたカフェで、一片はまるで借りてきた猫のように大人しく席に座らされた。

ぐったりしている間に成島はどこかへ消えていた。硬い椅子に身を預け、目を伏せる。少しでも寝られればすっきりするかもしれないが、こんなところで眠ったらきっと危険だ。財布に入っている金額を思い浮かべながら、せめてとリュックを抱きしめた。

そして次に気付いたとき、だいぶ楽になったと思ったがそれもそのはず、ふかふかのベッドに横たえられていた。がばっと起き上がる元気はそれでもまだなく、状況を把握するのに必死に頭を巡らせる。ここはどこだ。たしか、椅子に座って、それから……。

「目が覚めた？」

カーテンの隙間から顔を覗かせた女性が微笑んだ。白衣を着ているのを見て、大学の保健室なのだと察した。

「私、なんで……さっき、カフェにいて」

「そう、椅子に座ったままぐったりしていて、何人かの学生が運び込んでくれたのよ。あなた、うちの学生じゃないみたいだけど、見学か何かかしら」

「……怒られますか、私。そうじゃないって言ったら、」

「見学って言っときなさいな」

そう言ってカーテンを揺らして引っ込むと、しばらくして温かい飲み物が入っているティーカップを持って戻ってくる。どうぞ、と渡されて、大人しく受け取った。

「怒らないんですか？」

「あら、しつこいのね。怒らないわよ、怒ってるように見えないでしょ」

「………」

笑っているけど、怒っていないかなんてわからない。他人が腹の底で何を考えているかなんて、知ることはできない。そう伝えると、少し驚いたようだった。

「へぇ、ひねくれてるのね。まあ、わからないでもないけど、そう考えてると生きてるのが疲れるでしょう」

「ひねくれてますよ、そうとしか考えられない」

「ふぅん」

今度は興味がなさそうに相槌を打ち、自分の分のカップに口を付けた。沈黙が落ちて、一片は暇を持て余す目で、その女性をぼんやりと眺めた。三十代だろうか。まだ若そうで、でも大人っぽい。さっきから話している声は、凛として通っている。とても聞き取りやすい声だ。ふと、紀月はこんな女性に惹かれるのだろうかと思った。そういった恋愛話なんて兄妹でしないから、好みのタイプなんて全然わからないけど、そう思ってしまったのは女の一片から見てもこの女性が魅力的に映ったからかもしれない。こんな人に、紀月は惹かれるのだろうか。

「なに？」

視線に気付かれると、慌ててカップに目を落とした。琥珀色の液体が、不安そうな一片の顔を映す。

「あなたをここに運んできた成島くん……って学生が、あなたは誰かを捜しているって言ってたけど」

「見学って言っておけって、言ったのに」

「引き取り手を、わたしも捜しているのよ。ここで律儀にそう言い張る必要ないわ」

一片は自分の眉が顰められたのを感じた。大人の言うことはいい加減だ。いや、大人じゃなくても、人間なんていい加減なのがほとんどだ。大人も子供も変わらない。この目の前の大人が、そこまでいい加減だとは思わなかった。どうしてだろう。よくわからない、けど。

「その捜している人を連れてきましょうか」

「えっ」

「ただ場に酔っただけとはいえ、倒れた人間を一人で帰すのは忍びないでしょう」

「だ、大丈夫です。連れてなんかこなくても。一人で帰れます」

「校内放送かけてあげるわ、名前は？」

「だから！」

話を聞かない人ばかりだ。いらいらする。だいぶ冷めてきた紅茶をぐいっと飲み干すと、自身に被さっていた布団を剝いだ。

「ご迷惑おかけしたのは、すみません。でも、もう大丈夫ですから」

脇の椅子に置かれていたリュックと帽子を手にすると、女性の横をすり抜けてカーテンを開けた。紀月がそこにいて、手にしたままだったカップを思わず落としそうになる。

「破損は困るわ。掃除も面倒だしね」

女性が一片の手からそっとカップを引き取った。ぽかんと間抜けに口を開けたまま、ここにいるはずのない、いやここが本来の居場所ではあるのだけど、とにかくいないと思っていた紀月が目の前で自分をまっすぐ見ているという状況に必死に追いつこうとする。

「ねえ、固まっているけど」

「そうですねえ」

黙って見つめ合う一片と紀月を見守っていた女性が言い、紀月の後ろからひょっこり顔を覗かせた成島がしみじみと相槌を打つ。

「……ひとらー？　なんでここにいるんだよ」

言うことがまとまったのか、ようやく紀月が口を開いた。まとまるも何も、紀月は自分の大学に妹が来ていることを単に不思議がっているだけだろう。そこに躊躇が見られたのは、あのときの出来事が原因か。

妹は、自分に兄以上の感情を持っている。そう確信していてもおかしくないことを、一片はしてしまったのだ。

「べ、別に……」

そう言う以外、なんと言えばいいのだ。とっさにはわからない。考えている時間はない。

「俺、何か忘れもんした？」

「………………」

忘れ物。

そんなもの、紀月はしていない。あの日、お弁当を忘れた一片ではあるまいし。

「学校は？　サボったのか？」

「うる、せーっ！」

なんの前触れもなく爆発した一片に、その場にいた人間はびくっと肩を揺らした。

誰の目から見ても反抗期そのものな人間に、まるで哀れむような感情が視線を通して注がれた気がした。

「一日ぐらいっ、どーってこと……」

なくはない。自分で学費を払っているわけでもないのだ。それに、人を傷つけようとしている、という自覚が含まれている発言に、首の後ろがぞわぞわする。本当はもう言いたくない。誰かを、紀月を、傷つけたいわけじゃない。傷つけたいわけ、ない。むしろその逆なのに。紀月には、幸せでいてほしいのに。

でも、これぐらい言わないと伝わらないいんじゃないか、という気持ちがあって。しかしそれは、いくらなんでも言い過ぎだと紀月が優しくても平手打ちくらいはくるのではと怯えた結果、飲み込まれることになった。

「ひとらー、言葉遣いが、」

違う。こんなことになりたかったわけじゃない。さっきからそればっかりだ。そんなつもりじゃない、って。

こんな状況を招いているのは、他の誰でもない自分なのに。

「……紀月のばか！」

「ばっ……」

「頭ごなしに怒らないでよ！　びんたとかしないでよ！　……私を、怒らないでよ……」

「……」

もう何がなんだかわからない。この場にいる全員が、そう思っていたかもしれない。でも他人のことを考える余裕なんてない一片は、それでも肩で息をしながら感情の一部を吐露して少しだけ、ほんの少しだけ、ごちゃごちゃしていたものが澄んだ気がした。

言いたいことを、我慢しているのはつらい。

「……しないよ、びんたなんて」

呆けたように、どこか空気の抜けたような声で紀月がつぶやいた。

「……怒らないでよ」

「怒らないよ、怒ってないだろ」

「人は腹の底で何を考えているかわからないって、さっき彼女言ってたよ」

女性が何故か口を挟む。何でもかんでも口にしすぎではないか、と思いながらも顔を上げられないままでいる。

「腹の底……」

それでも紀月はその言葉を受けて、思うことがあるかのように黙り込んだ。いつの間にか端の方に寄っていた女性と成島が、一片の感情の解放完了を察したように空気を緩めた。

「まあ……話せば、良くも悪くも変化があるよ。いっぱいお話するといいよ」

成島がのんきな調子で、この場を締めた。

大学の保健室、医務室だろうか。言い争い、というよりも一片の一方的な感情の爆発に、似つかわしいとは言えない場所で、他の人間も巻き込んで、何をしていたのだろうと我に返る。しんと冷えた頭で、他人に迷惑をかけたことをじわりと実感していく。家に帰ってきていた。

なんだか、これから腹を割って話しましょうという雰囲気がびしびし伝わってきて、逃げたくなる。帰路では、紀月は普段と変わらぬ様子で話してきていたが、紅茶に入れる角砂糖の数とか、コーヒーはまだお互い飲めないな、と核心に触れない他愛のない話題で、逆に緊張感が伝わってきていたたまれなかった。重苦しい。これから、すべてを話さなければいけないのだろうか。

「ほら、紅茶」

「……ん」

「ちゃんと砂糖二個にしたぞー」

椅子を引いて、ダイビングのテーブルにつく。自分のカップを引き寄せ、息を吹きかけた。今日は紅茶三回目だ。はじめに大学でミルクティー、医務室でごちそうになったストレートの紅茶。そして、またストレート。ミルクが入っていない琥珀色。

こんなに何度も紅茶を口にする日は珍しい。

「……怒ってないからな、俺は。そもそもなんで怒るの？」

「サボタージュ」

「ああ、そんなの。ひとらーは真面目に毎日通ってるし、一日くらいサボったって怒らないよ」

「…………」

そこまであっけらかんと言われると、気にしていたこちらが馬鹿みたいだ。

だって本当に、どうってことないように言うのだ。

何故か、怒られる、という感覚は常のように一片にまとわりついている。自分の些細な言葉でも行動でも、相手の受け取り方次第でどうとでも変化する。よかれと思っても、相手が生意気だと捉えれば。上から目線だと捉えれば。相手の心の隅にでも、怒りや不快の火種は植えられてしまう。だからといって、今までの人生で頻繁に怒られてきたわけでもなかった。人の顔色に、少しでも引きつりが見て取れたら、今のは自分のせいだろうと決めつける。

劣等感の塊なのかもしれない。

だって、自分の価値はなんて低いんだろうと、意識すれば嘆いてしまう。いつもは一人だから気付かないし、考えない。だが一度他人の輪の中に入ると、どうしても自分の価値を思い知らされる。他人とは、なんときらきらしている生き物か、自分がどれだけ淀んだ目をしている存在なのか。突きつけてこなくても、調子に乗ったりしないのに。他人は意識してもしなくても、相手を傷つける刃をいつだって隠し持っている。無自覚だからって許されるわけではないと、いつだって他人を敵としか認識していない自分にも非はある。他人だけが悪いとは言わないし、言えない。そこまで考える自分のほうが悪いのだ、きっと。

怒っているか、怒っているだろうと相手を窺う行為にすら、苛立ちを引き出すのだ。

「……大学に来てたのは、俺に用事があったから？」

「用事……」

ここまで卑屈な人間、自分以外に知らない。いたとしても、だからどうした、という話だ。

「用事じゃない。ただ、そういう……そんな大したことじゃなくて、気まぐれだよ」

「こんなこと、今までなかったから驚いたよ」

「驚かしたかった、って言ったらどうする」

怒る？

そんな目的で来るなって。

リビングの棚に置かれていた、紀月お気に入りのパン屋の食パンをぼんやり眺めてから、ちらりと視線を戻す。目を丸くして、驚かせようとした一片に驚いているように見える。律儀である。望むように、してくれる。

本当は、怒っていないであろうことはわかっている。

紀月はそういう人間だから。温厚で、周りには常に穏やかな雰囲気が漂っていて。

紀月が怒るときは、誰かが間違ったことをしたとき。その人が自身を傷つけたり、し
そうなとき。


「……驚いた」

「なにが、」

「そんな目的をひとらーが持ってるなんて」

「くだらなくて、なんか、怒る気も失せるでしょ」

「怒る気はもともとねぇからなあ」

「紀月は私を甘やかしすぎだと思う」

「そう?」

「怒るでしょ、妹が学校サボったり。なんか、生意気だったりすると」

「サボりはともかく、それがひとらーの通常運転だろ」

「生意気なのが」

「いや、別に生意気とは思ってないけどさ。そういうクールなところは」

細めた目で見つめる先の紀月は、なんて優しい表情をするのだろう。

もったいない、宝物。

汚したくない、壊したくない。ずっと護っていたいもの。

「じゃあ、何かあったわけじゃない？」

「何か、」

「ひとらーにとってしんどいこと。まあ、それがうちの大学に来ることにつながるかはわかんないけど、別にイコールだと言ってるんじゃなくてさ、心境によって行動って違ってくるかなと」

「……うん」

「なんだ、うまく言えんけど」

「……わかる、なんとなく」

同調すると、少しだけほっと安心したように目元を和らげた。

「しんどいだけじゃなくても、何かに縋りたくて、とか。そういうときがあるのかなって」

「…………」

「あるよな、そりゃ」

なんて、言えば…………。

「すべてをきれいさっぱり取っ払うことはもちろんできないけど。相談したかったり、話聞いてほしかったりしたら遠慮はするなよ、しなくていいんだから、そんなの」

だったら。

言ってもいいの？

言ってどうなるんだろう。

今自分を占めているのは、目の前の人間だと告げることは、どういう影響を及ぼしてしまうんだろう。

紀月から、琥珀色に視線を落とす。少し冷めてきたそれに、そっと口を付けて液体を含んだ。じわりと、舌の上で茶葉の香りが滲む。おかげで、少しは冷静でいられる。感情のまま突っ走ってしまわずに、済みそうだ。

「……うん、わかった」

爆発寸前のものが、完全に鎮火したわけじゃない。ちょっとのきっかけでまた、内で暴れ出すんだろう。

それでも大人しく、素直に頷くことができた。

紀月は自分のカップを手に取ることなく一片をじっと見つめていたが、やがて破顔一笑する。

「そっか」

　ああ、人が必死に鎮めているものを、いとも容易く沸き上がらせてくる。その笑顔が、思いやりの気持ちが、どんな種類のものであれ喜ばしい。笑っているのが一番似合っていて、一番……。

　ぐっと唇を噛んで、心の中でさえ躊躇われる言葉を飲み込んだ。一緒にいたい。でも明確な言葉にすると、きっと止まらない。また、困惑する顔を見たくない。それは、戸惑いであるし、一片への接し方がわからないということだから。わからなくなってほしくない。いつだって、本当はきちんと妹でいなくてはいけないのを、それ以上の感情がどうしても邪魔をしてくる。

　惑いなんかで、一直線のものを歪ませたくない。

　そうすると、黙っているのが一番なのだなと思い知る。自分で導き出したものに、愕然とした。望むものとは正反対のそれに、果たして自分は耐えられるんだろうか。

「過保護だな……」

「そうかぁ？　ふつうだろ」

　きらきら、光るもの。まぶしくて、恋い焦がれる。

　真っ暗闇な自分の世界を照らす、あかりに。

　どうしようもなく、惹かれる。

翌日登校すると、みかねがいつもと変わらぬ顔で、一片の姿を認識した。何故かふんぞり返っている。

「おう、ひとちゃん。生きてたかい」

「そんな一日いなかったくらいで安否確認しなくても」

「いやぁ、君が黙っていないとなると、何かあったかと思うだろう」

「……そうかな」

何かあったとしても、目の前のみかねには関係のないことだ。いくら同じ学校で同じクラスで、前後の席だからといって、友人と呼べるかもわからないのに。

HRのあとに担任に声をかけられたが、日頃の行いのおかげでこれからは無断欠席などしないよう注意されただけで済んだ。それでも最初は、連絡するのも困難なほど具合でも悪かったのかと心配されたけど。けろっとしている一片に、担任もどこかほっとした顔を見せた。怒るというより、安心を垣間見た。

「……有意義になると思ったんだけどな」

昨日のサボタージュ。

独り言のつもりが、みかねの耳にも届いたらしく、前を向いていた彼女がくるりと身体ごと振り向いた。

「それは有意義にならなかった、ということ？」

「えぅ」

「うんうん」

わかっているのかいないのか、みかねは頷いた。何が、と問いたくなったが黙っていた。

「はあ」

「君はミステリアス。秘密主義だね」

「そういう人は魅力的なんだから、放っておかれるわけがないんだよ」

「はあ……？」

「つまり、わたしはあまり放っておこうとは思わない」

「なに、いきなり」

「いきなりじゃないよ、わたしを友人とも思っていないひとちゃん」

なんだ、本当にいきなり。

そこまでわかっていて、放っておかないのは何故だ。ただの好奇心？　こんなつまらない人間に構って、なんの得があるというのだ。

「わたしはね、けっこう君が好きだよ」

「……どうも？」

「ミステリアスで、クールでもある。わたしの言葉にさして取り乱さない。そういうところ。友人と思われてなくてもね、これはわたしの一方的な気持ち。片想いだよ」

みかねの言動に、首を傾げざるを得ない。いきなりじゃない、と彼女は言うけれど、これまで感じたことのない圧をかけられて、言うことすべて信用できない。やや前のめりに力説されて、背もたれと背中がぴったりとくっついた。

「折崎さん、どうしたの。私になんか興味なかったでしょう」

「お互い様だと思ってた？　残念ながら、それは勘違いというものだよ」

じっと見つめられ、視線がぶつかる。まともに見つめ合っていると、息苦しくなってくる。さりげなさを装いたかったが、逸らした視線は不自然極まりなかった。一片に助け船を出したように予鈴が鳴り、顔を引きつらせたままほら、と前を向くように促した。

それでも心を覗き込もうとするように視線を外さないものだから「折崎さん、ほら」と手振りを加えた。

「ちぇ」

言いつつみかねは前を向いた。彼女はいったいどうしてしまったのか。変なものでも食べたのではないか、と心配してしまうくらい、これまでよりも熱量のあるものを向けてきた。それでも従来、好ましいと思っていたところは劇的な変化を遂げたわけではない。干渉はしてこないし、踏み込んでくるわけでもない。それなのにあの発言はなんだったのか。一片には不思議でしょうがなかった。

からかっているのか。動揺する一片を見て、楽しんでいただけだろうか。一番可能性が高く、かつ助かる理由に落ち着いて、心にかいた汗をぐいっと拭いがてら頬杖をついた。

どうしよう。

落ち着いて一番に浮かんできた顔から、目を伏せて逸らす。けれど瞼の裏にも焼き付いているそれからは視線が離れてくれない。

放課後になってとろとろ帰り支度をしていると、いつもは素早く帰宅していくみかねはまだ席に座ったままだった。こっちもどうしよう。冗談なら、本当にいいのに。

心なしか、教科書を鞄に放り込む手が早くなるのを自分で感じ、嫌な奴だなぁと軽く自己嫌悪する。嫌悪するほどの自己はあるんだな、とどこか自分を遠い他人事のように考えた。自分ってなんだろう。ふと、心だけが遠く旅に出かけていく感覚。

昭島一片という存在。紀月の妹である以外に、特筆すべき情報が何もないように感じる。読書をまあまあする程度の趣味は、端から見ればどれほどつまらない人間であろうか。どちらかと言えば文系。セミロングの黒髪。身長百五十八センチ。身上調査するときは簡単で、探偵は楽をしそうだ。

リュックを背負いきらないうちに、教室を出た。様子がおかしいと認識しているのに、何も対処しないで逃げるだけの人間。最低だと思われても仕方ないが、それでも向き合おうなんて考えはなかった。教室で話をするような人が、いなくなった。唯一だったものを無くせばゼロ。それでも苦しいことなんてない。ここまでくると、人間としての何かが欠落しているのかもしれない。

実の兄に必要以上の感情を持っている時点で、まともではないけれど。

教室を出たはいいが、こんなに早く帰宅することもない。遠回りでもして昇降口に向かおうと考え、しばらくすると歩調を緩めた。あ、図書室でも寄って本を読んでいこうか。そう思い至ると幾分、気持ちがふわっと楽になる。考えることばかりで、正直疲れてしまった。

「……ん」

ピアノの音色に気がつく。音楽系の部活だろうか。吹奏楽部とか軽音部とか、そういったものを一纏めにして歩いていると、どんどん音は大きくなっていく。それでも、ピアノしか聞こえてこない。他の楽器や歌声などはないのだろうか。先生のお手本演奏にしたって、こんなに静かなものなんだろうか。

音楽室に差し掛かり、やはり聞こえてくるピアノはこの中からのようだ。人の気配が極端に少ない。部活動だったら何人かいそうだが、そういうざわめきは感じなかった。音楽に疎いからか、それとも一般的に有名でないものなのか、聞いたことのない音楽は曲名だってわかるはずもなかった。

「…………」

　なんとなく、ぼーっと突っ立っていた。図書室に行くという目的があるはずなのに、惰性なのか何なのか、その場から動こうと思わなかった。聴覚はピアノの音を愉しみ、視覚は廊下の窓の外の空を見上げていた。暇なのは手足といった身体的な部分だけで、感覚と心はここにいて退屈ではないと感じている。

　細くて凛とした音が後を引くように響いたあと、音は止まった。指で弾かれたであろう白黒の鍵盤が目の前に広がったようだった。見てもいないのに、きれいな並びを連ねるそれらを思い描かずにはいられなかった。

　ぼうっとしていて、気付かないうちに音楽室の扉が開かれた。思わず振り返ると、制服に身を包んでいるこの学校の生徒がいた。勝手に女性だと思っていたが、女子ですらない男子が、訝しむようにこちらを見やった。

「……あ」

　見覚えがある顔だった。あの日、コンビニの前で万引き犯だと騒がれていた。本人も騒いでいたが、その渦中にあった人物だった。名前は、なんだったか。先生が呼んでいたけれど、すっかり忘れている。

「……なんだよ」

「いや」

「ふん」

鼻を鳴らすと、名前不明男子は一片の辿ってきた廊下を進み出した。音楽室を見ると、誰もいない。その背中を思わず目で追った。

「……っ今ピアノ弾いてた」

早口で、事実であろうことを確認するように口にした。

一瞬だけ立ち止まった男子はぎろりとこちらを睨むと、何も言わずに去っていった。

……不良のような風体をして、繊細なことをするのだなと感心する。不良に失礼だろうか。

図書室の椅子に座って、ほんの数十分だが集中して読書を楽しむことができたことが、この日一番の有意義な時間だった。

ある日のこと。飲み会があるから帰りが遅くなる。という旨のメッセージを紀月からもらったのは初めてだった。ごめん、と土下座しているくまのスタンプ付き。無駄に上下運動をしている。スマートフォンの画面を凝視し、文面に幾度となく目を走らせる。やがて了解、と一言だけ返し、画面を暗くした。

ここで嫌だ、早く帰ってこいなど返せるわけもない。いくら正直に生きられたとしても。それを言うのはただの身勝手でわがままだ。

部屋のベッドで横たわったまま、スマートフォンを枕元に放った。ストラップの一つも付いていない、なんの装飾もされていないスマホを横目に、誰と飲むのだろうと考えを巡らせた。友人が多い紀月には、きっと毎日のように一緒に飲みたい仲間がいるのだろう。でも、それでもほとんどの日を遅くならないうちに帰ってくる紀月は、一片を一人にしないために気を遣っているのか、単にそういう場が好きではないのか。どちらかわからない、どちらもあり得る。だから今日は、たぶん申し訳なさを感じながらも行くことを選択したのなら珍しいことである。良い変化なのか、悪い変化なのか。おそらく前者ではあるんだろう。それは紀月にとってであり、一片にとってはそうじゃない。自分から紀月を奪うものは、どんなものだって許し難かった。

そんな一片だから、こんな小さな出来事にも嫉妬をする。誰と飲むのだ。また考える。大人数だろうか。それとも三、四人。それとも、誰かと二人きりで？

「嫌過ぎる……」

相手が男でも女でも関係がなく嫌だ。まるでお気に入りの玩具を取り上げられた子供のように、素直に嫌だと思うし、思い通りにいかない事態に欠片も納得ができない。仕方のないことだと頭では理解しているのか、それすらも危うい。未熟な子供そのものな自分に嫌気が差す前に、紀月を引っ張って帰ってきたい気持ちを抑えるのが困難で、ひたすら自分に重りをかける。家から飛び出さず、じっとしていることを褒めたほうが早い。そうして余裕を生みだそうとする。とんでもない悪態を誰もいない室内で吐く、これぐらいはしないと内から爆発して死ぬだろうから。少しでも毒を体外に吐き出して、体内の毒素を薄めようとする。

理解をしていた。紀月が誰かと飲んで遅くなる日が存在する。でも、自分が思っていたよりも受け入れ態勢は十分ではなかった。衝撃が大きかった。もっとすんなり、ふうんで済ませられると思っていた。じわじわと湧いてくる嫌悪感。ティッシュボックスを摑んで、壁に向かって投げた。ぐうう、と獣みたいな唸りを上げては縮こまり、自身の腕に爪を立てる。

「どうしよう」

こんな自分、どうしよう。

紀月が無事に帰ってこなかったら、どうしよう。

事故に遭ったらどうしよう。

そんなふうに、外に悪因を作って自分の焦燥を正当化しようとする。玄関まで行き、靴につま先を突っかけようとする。行ってどうする、そもそも場所も分かっていないのに。いや、大学付近の飲み屋を虱潰しに探せばあるいは。

「…………っ」

　ごん、という音とともに走った額の衝撃に、息をのむ。事態を飲み込めないまま痛覚が息を吹き返したように蘇ってくる一片を、驚いた顔で父親が見ていた。

「どうした。玄関先で」

「……いや」

「悪い、おれが開けたドアにでこぶつけた？」

「うん、それは正に」

「そんなとこにいるお前が悪い、と言ってやりたいとこだが、まあ謝っておくよ。それだけ緊急事態だもんな」

　グレーのよれたスーツを着た父は、緊急事態と言いつつもゆったりとした口調で家へ上がる。つられるように首がぎぎ、と動いて顔が家の中のほうへ向く。

「緊急事態って」

「紀月が飲み会だってな。珍しい、というより初めてじゃないか？　おれの知る限りでは。いつもおれのほうが遅いし、紀月がまっすぐ帰ってきても寄り道してても知らないんだけどな」

「…………珍しい。っていうか初めて」

「そうだよなぁ」

まだ玄関で佇んだままの娘と、スーツを脱いで洗面所で手を洗いながら話す。父の声は遠くて、のんびりしている。自分にとっての緊急事態ではないことを態度で堂々と表していた。

「ほら、こっち来て。夕飯は済ませたか」

「……緊急事態」

「お前にとってはな。まあ落ち着け。ん、お前の部屋なんか荒れてないか」

「の、覗かないでよ」

「暴れたのか。まあいいけど」

「良くない、でしょ」

「別に？　片すの自分だろ」

「〜〜」

淡々と言いくるめられて、言葉が出てこない。唸って、玄関にしゃがみ込んだ。

「夕飯は」

「いらない。待ってる」

「知ってるぞ、そういうの〝ぶらこん〟っていうんだろ」

「はあ？」

「紀月すきだもんな」

「な、」

「早く帰ってきてやれよ、と言いたいとこだが」

　ここにいない紀月に、ネクタイを解きながら言う。

「たまには自由にやれ、とも言いたい」

「……言いたいこといっぱいあるじゃん」

「はは」

　渇いた父の笑い。なんだか散々暴れていた自分が、とんでもない間抜けに思えてならない。父の登場は、冷水を頭からぶっかけられたかのように一片を落ち着かせた。

「冷えるよ」

　後ろに立った父が案じてくる。その通りだ、床に着いたお尻がだんだんと熱を奪われていく。もっと経てば、全身で肌寒さを感じるだろう。

「おうっ！」

　開いたドアに、一片も父も反射的に顔を上げた。

「ただいま……って、何やってんの二人で」

「…………っ」

「おー、おかえり、紀月。早かったな」

「ん、んー。ちょっとね、逃げてきた」

父と話している紀月を上から下まで眺める。足がある。幽霊とかじゃない。着衣の乱れもない。誰かに襲われたりもしていない。本物？

「ひとらー？　ぅいって！」

ばしぃっと座ったまま紀月の足を叩く。ちゃんといる。ここにいる。あんなに荒れていた気持ちが嘘のようで、じわじわとこみ上げてくるこれは何だろう。

「逃げてきたって何から」

仏頂面で、地を這うような低い声で聞けば、放心していた一片に気付いていた紀月が「聞いてたのか」とばつが悪そうに頭を掻く。すっくと立ち上がり、三和土に立ったままの紀月をじろりと睨んだ。いつもより視線の高さが近い。怯んでしまいそうな距離だが、今はそれよりも紀月が何から逃げてきたのかのほうが重要だった。

「いや、誇大表現だよ。大げさに言っただけで」

「もしかして女？」

「んぐ」

「女だ！」

「座って話せばいいのに」

父が呆れたように口を挟む。紀月は情けない顔を父に向け、助けを求めているようだった。それが余計に後ろめたいのだろうことを助長しているようで、ますます聞き捨てならない。

「一片、とりあえずここで立ち話はなんだから、リビングへ行こう。お茶をいれよう」

「あ、紅茶いれてやるから！　な！」

「………」

二人に押し切られ、一片は仏頂面を崩すことなく父に引きずられていく。その後ろを、困ったように笑っている紀月が続く。不満はたくさんある。

でも、紀月が帰ってきた。

女から逃げてきた。

餌食にはならなかったということだ。

安心すべき、なのだろうか。

「おい、いい加減その顔よせよ」

父が頰杖をつき、一片の表情の歪みを指摘してくる。それからごくっと熱いお茶を飲み、はあっと大げさな息を吐いた。

紀月は風呂場へ行ってしまった。女から逃げてきた紀月は、今度は詰問してくる妹から逃げている。父が同情するのもわからなくはない。でも、どうして平静でいられるというのだろう。

「……彼女かな」

「彼女なら逃げないだろ」

蚊の鳴くような声にも、父は淡々と応えてくれる。独り言と捉えられてもおかしくないものを、父は拾ってくれる。甘やかされているのか、紀月同様、一片を腫れ物扱いしているのか。

「奥手だよな。母さんに似なくて良かった」

「反面教師でしょ」

「ふっ、くく。面白い」

「母も息子もぱっぱらぱーしてたら困るでしょうが」

「うん」

意外にも父は素直に頷いた。夕飯前の食卓には、何も並んではいない。紀月が風呂から上がったら、キッチンに立って何かしら作り始める。父と紀月は交代制、というよりも気が向いたどちらかが食事の支度をする。そこに一片が含まれていないのは、女性ながら料理が得意ではないから。嫌いと言っても差し支えない。食べる専門だ、と堂々と言うわけではないけれど、そもそも食にはそこまで興味がなかった。空腹を満たせれば、もっと言えば死なない程度に食べられればいいと思っている。それを心配して、父はお弁当を作成してくれる。手作りを無碍にできない一片の性質を知っているから、それを利用しない手はないということらしい。作戦というほどでもない、本人にバレバレである。一片は知りながら、食べられる範囲で作ってもらう食事をいただいている。

「でも、一片だって紀月が幸せなほうが嬉しいだろう」

「む。私が邪魔してるって言いたいの」

「なんでそうひねくれた解釈をするんだ、お前は。そんなこと言ってないだろう」

「腹の底なんてわからない」

「娘にそんな小賢しいことしないよ。思ってることしか言わんし、嘘もついてない」

「………知ってるけどさ」

椅子の上で膝を抱え、体育座りをする。テーブルの上に置かれた紅茶の湯気が、動いたことによって揺れた。

「大変だなぁ、ぶらこんも」

「ぶ、ブラコンじゃないしっ！」

「はいはい」

実の娘の言うことなんて軽くかわしてしまう。恨めしいが、勝ち目は今のところ見つからない。悔しいが黙るしかなかった。

風呂から上がってぺたぺたと歩いてきた紀月が、きょとんとして両者を見る。それから、何を思ったのかへにゃりと笑った。

「ほんと仲いいなぁ」
「わ、笑ってんじゃない！」
「熱くなるなよ、一片。お前も風呂入ってこい」

布団に入って、天井を見上げる。同じ家の中に家族がいるのは、照れとかをなくして言えばやはり安心するものだった。今日はなんだかんだ言って、二人とも帰宅が早かったから、一人でさっきまで暴れまくっていたなんていつの間にかなかったことになっていた。父はその片鱗を見ているが、紀月は微塵も知らないだろう。

知らなくていいことだが、微塵も、というと寂しさを感じてしまうのは人間特有の身勝手さだ。知らなくていい、知っていて欲しい。その内どうでもよくなるだろうが、今はそんなことを中心に考えを巡らせる。
「やっぱり女がいた」

今日の飲み会。大学生なんてサークルだコンパだと、勉強をそっちのけにしている学生は少なからずいるんだから、不純だ。

勉強をしろ、勉強を。学びに行ってるんだろーが、と心の中だけなのをいいことに汚い悪態を吐く。ここまでの口の悪さを、紀月はきっと知らない。行儀がいいとも思われていないだろうが、こんなに口が悪いのを知らないであろうことは、別に隠しているわけではないが、とどのつまり猫を被っているのだ。実の兄に、無駄なことだろうか。でも誰だって、良い格好をしていたいだろう。ありのままがいいなんて綺麗事、通じるところにしか通じない。

一片は自分の周りで綺麗事が通じるとは思っていない。汚くて醜いものは、そのまま瞳に映り込んで網膜に焼き付く。フィルターがかかるなんて、都合のいいことも起きない。

一片が醜態を晒せば、紀月にはそのままが映り込む。だから、少しの猫かぶりは必要だった。

良い風に見られたい。好ましく思われたい。

それはもう時すでに遅し、だったとしても、開き直ってありのままを晒せる理由にはならない。

「…………」

スマートフォンの画面にとん、と触れると明るくなって無難な待ち受けと今の時刻が表示される。二十三時五十五分。あと少しで日付が変わる。寝返りを打って、部屋のドアの下を見る。漏れている光を確認すると、パスワードを打ち込み画面のロックを解除した。

「んー」

紀月とのトーク画面を開いて、その灯りに顔を照らされる。まぶしくて、不細工なことになっているだろうことを、あえて無視して画面を覗き込んだ。

『起きてる』

一言、打ち込む。これじゃあ疑問形なのか、自分が起きている報告なのか判然としないだろう。ぽこん、と送信したあと、はてなを頭に浮かべる熊のスタンプを付け加える。

じっと待つ。数十秒後、ぱっと既読がついた。

『起きてるけど、どうした?』

同じはてなを浮かべる熊のスタンプ。

くっと笑ってしまう。

「……ん、ふ、ふっ」

気持ちの悪い笑い声を誤魔化すようにごろごろと寝返りを打っては戻ってくる。

『眠れない』

『かも』

そんなことはないけど、他にどう打てばいいかわからない。素直に人恋しいなんて言えない。でも、かも、と付け足したことで紀月がどう思うかもわからない。ぽこん。

『なら、玄関』

集合！　と親指をぐっと立てているナイスガイのスタンプ。

「えっ？」

がばっと布団を蹴り上げる。お行儀悪くてすまん、と誰かに謝る余裕なんか欠片もなく、高揚感に包まれる。

「紀月」

部屋から出て玄関へ行くと、靴紐を縛っている紀月が肩越しに振り向いた。

「しー」

と人差し指を立て、抑えた声で何かを伝えようとしてくる。

「コンビニ行こうぜ。なんか羽織ってこいよ」

びゅんっと部屋へ逆戻り、適当な上着を掴んだ。もどかしく腕を通しながらまた廊下へ出て、静かにドアを開けている紀月の背中に体当たりする。「靴はけ」「はいてる」

浮かれた声が恥ずかしくて、でもそれどころでもなくて、家からこっそり抜け出す。道を歩くのに、スキップしてしまいそうなのを必死に我慢した。どこもかしこも浮かれていて、スキップを抑えようとすれば頬の緩みを引き締めるのが難しくなる。

「どうしたの」

「何が？」

「なんで私も連れていくの」

「眠れないって来たから。俺も散歩がてら外出たかったから誘った」

「ふぅん。よく出てる?」

夜、意識が浮上していることがままあるが、玄関のドアが開く音を果たして聞いたことがあっただろうか。

「いや、たまに。夜の空気すきでさ」

そう言って夜空を見上げる紀月の横顔は、浮かんで煌めく星なんかよりも綺麗で、この瞬間が終わってしまうのがどうしようもなくもったいない。ずっと見ていたい。

「アイスでも食う?」

儚い表情をぱっと打ち消すと、けろっとしてそんなことを聞いてくる。慌てて逸らすけど、見ていたのはばれただろうか。鈍いから、気付かないかもしれない。

「う、うん」

「お。素直ー。よしよし」

軽い調子で頭を撫でてくる。歩きながらで、多少乱雑になるそれにも喜んでしまう。いつもならやめろと振り払ってしまうけど、今はどうしてだか振り払う手が上がらない。享受してしまう。それは紛れもなく一片の本心で、抵抗しようとする意地や見栄は幸運なことにどこかへ消えていた。

素直になれると、紀月も嬉しそうだ。

一片も、受け入れられるのは素直になれて嬉しいことだし、何よりこの手を甘く感じていられる。目を細めて、口元が緩んで、まるで笑っているように映るかもしれない。

普段なら叶わないことだった。

宵闇に紛れて、素直になれるのなら。

もう明るいところに行きたくない。

「どれにする？」

冷凍ケースを二人して覗き込む。色とりどりの種類のアイスが陳列されていて、各々がわたしを選んでと訴えかけてくるようだ。

「んー………」

雪見だいふく。ガリガリ君。スーパーカップ。爽。定番のものから、コンビニ限定のちょっと贅沢でお高そうなのもある。ベルギーチョコもあるけど、一片はバニラ派であった。やはり最初に目に付いた雪見だいふくを手に取ると、微笑みを携えた紀月がこちらを見やる。少し長めの髪の毛が一房、頬を撫でた。

「ん、それ？」

「奢り？」

「ははっ、身内で奢りとかある？」

一片の手から雪見だいふくを取り、店内を巡る。

「他にいるもんある？」

「え……んー」

一通り見て、ない、と首を振る。おっけ、と頷くと紀月がレジへと向かっていく。会計のときまでべったりというのも変な気がして、離れた場所で手持ちぶさたに待つ。出入り口付近の雑誌コーナーに気付き、こういうのあまり見ないなと思いつつ手を伸ばしてみる。見る機会がないから、どういった内容なのかもわからない。ファッション雑誌なら服のことが載っているんだろうな、くらいの認識だ。

今時の若者が、小綺麗な服を着崩してポーズをとっている。カメラ目線、と何故か服よりも顔を見て思ってしまう。いろいろジャンルがあるようだが、どれもぴちっと着ているというより着崩しているという印象が強い。もっとちゃんと着てるほうが好みだなあと感想を抱きながら、ぱらぱらとページをめくっていく。Ａ４サイズの雑誌は読みにくいなー、と不満ばかりが生まれて棚に戻そうとしたとき、とある見出しで手が止まる。

『意中の男子を狙い撃ち！　必勝アプローチ法』

「………………うぅん？」

狙い撃ちって。狩りか？　だが必勝？　そんなもの存在するのか。一生振り向いてもらえない可能性のほうが高かった場合、これはきっと有効ではない。詐欺だ。そう思いながらも、目はページ上の記事を走っていく。

ボディタッチ。大胆に好意があることを伝える。目を見て話す。常に笑顔。明るく元気で可愛い女の子を演出。その他、細かいメイク法、ヘアメイク法。……なるほど？　納得しそうになるけど、すんでのところで傾きを立て直す。

こんな細かいことをやってられるか、という思いもあれば、外見だけの話では？という思いに脳内を支配される。それはまあ、外見はきっと大事だろう。大学の医務室の先生は綺麗であった。ああいう大人な女性が好みなら、こんなちんちくりんな見た目の自分はどうしたってそういう対象にならない。いや妹の時点で、という突っ込みは今はいらない。

着る服に頓着しないからシンプルなことこの上ないし、化粧もまだしていない。髪の毛も二ヶ月に一回整えに行く程度。今は部屋着に上着を羽織っているだけだから、そりゃあお洒落さの欠片もありませんよ、と一人拗ねる。だけどよそ行きの服ならもっと可愛いのか、と言われればそんなこともないから、どのみちあまり比較対象にはならないのかもしれない、悲しいことだが。

「ひとらー」

声をかけられ、雑誌をばん！　と閉じた。

「それも買う？」

「買わない！」

雑誌を指さされ、ぶんぶんと首を振りながら棚に戻す。あまり気にしたふうもなく「そか」と頷いた紀月にほっとした。

「アイス買ったぞ。溶けるから、早く」

と手招きをされる。まるで餌をちらつかされた犬のように、尻尾を振って身軽に後に続いた。

がさがさ、と袋を漁り、紀月は自分の分のアイスを取り出す。

「歩きながら食べるの？」

「溶けちゃうかなって」

「えー、行儀悪い」

「ひとらーは行儀のよろしい子で何より」

「座ろう」

ぐいぐい腕を引っ張って、少し先に見えた公園まで連行する。アイスの袋を破ろうとしていた紀月は「おわ、おわ」と危なげな声を出しつつも抵抗はしなかった。

なんだか気分がいい。

紀月の時間を、紀月自身を独り占めできているから。他にはない、心が浮き上がる理由に自らの単純さに笑ってしまいたくなる。

「雪見だいふくだったら、いくらでも食べられるのに」

言外に、二個では足りないと文句を言う。それに気付いているのかいないのか、紀月は笑う。文句を言おうが愚痴をこぼそうが、紀月は笑う。笑ってくれることが、どんなに尊いことなのか、本人はきっと知らないのだろう。知っているのは、自分だけで十分なのに。

一片の知らないところで、それが振りまかれていると思うと、面白くない。だって、紀月は人が好いもの。笑っているのはきっと自分の前だけではない、家族の前だけではない。親密な関係である友人、あるいは表面上の関係である知人にも笑っているかもしれない。一片のように、無愛想ではないから。それが紀月の美点だけど、手放しで嬉しがれることではない。どうせ心の狭い人間だ、自分は。

「どうした、溶けるぞ？」

「……ぅあっ」

付属のプラスチック製の棒で刺したままぼんやりしていると、とろり、と白いもちとバニラアイスが視覚的には魅惑に溶けていた。

「あう」

かじる。冷たいアイスと、バニラの甘み、それらを包んでいたもっちりした生地が口いっぱいに広がって「んー～」ほっぺが落ちる……。

「美味そう」

そちらを見やると、自分のアイスもそっちのけで、こちらの様子を微笑ましそうに眺めていた。目元のラインをなぞるように、くるりとしている毛先が、本当にたまらなくて心のすべてを持っていかれる。

「んなっ、何見てんの！　自分の溶けるでしょ！」

「だって俺、ひとらーが美味そうに何か食ってんの見るの好き」

「………………」

絶句していると、ようやく自分のアイスの危うさに気付いた紀月が垂れかかったアイスを舐め取る。小指を伝っていくチョコ色のそれを舌で追い、口の中に含んでいく。悩殺される。心臓がばくばくいっていて、過剰運動の後止まったらどうしようと危惧するくらいだ。

「んんぐ」

かっかっとする身体も口の中も冷やすように、アイスを頬張る。冷たくて、でも熱い口内ではすぐにじわりと溶けていく。

「美味いなー、ひとらー」

「…………うん」

咀嚼しようやく飲み込めて、頷く。

どうしよう。

これ以上惹かれて、どうすればいいんだろう。嫌いなところもある。でも、それもスパイスになって余計に燃え上がってしまって困る。

「ゴミ、ほらこの中に」

そう言って、アイスが入っていたビニール袋を開いて促してくる。恨めしがるような目で見てから、ゴミを投入する。あ、どうしよう。ゴミが回収されてしまったら、帰らなきゃいけない？　もう、家に帰らなきゃいけない？

「紀月はさっ！」

「うお、どした急に」

「か……彼女とかいるの」

違う、本当はこんなことが聞きたいんじゃない。いないよそんなの、っていう答え一択じゃないと聞いちゃいけないやつだ。だって、いるよって言われたらどうするの？　鼻の奥がつんとする。自爆って、たぶんこういうこと。

「え、彼女？」

きょとんとして、そんな質問が飛んでくるとはこれっぽっちも思っていなかった顔。

それはどっち。いるの、いないの。私を斬るの、斬らないの。もう嫌だ。苦しい。こんなに苦しいの。

せっかく楽しかったのに。嬉しかったのに。

結局自分で台無しにする。馬鹿野郎。大馬鹿野郎！

「兄妹でこんな話する？」

「…………………」

一片は黙ったまま、洟をすすった。下を向いているから垂れてくる。ティッシュ。本当に雰囲気も何もぶち壊し。嫌になる。

「あー、さっきもらった手拭きあるから」

鼻の辺りをごしごしと丁寧に拭われる。ウエットティッシュが熱くなった鼻を冷やす。もう我慢なんてしていられなくて、涙が次々とこぼれてきた。嗚咽をもらす一片に、頭上の紀月はどんな顔をしているだろう。困っているだろうな。どうしよう、って思ってるだろうな。

ここで涙も鼻も止めて、にこっと笑顔の一つでも作れれば安心してくれるかもしれない。でもそんなこと、どうしたってできない。このまま消えてしまいたい。

紀月の記憶にも残らないで……。

残ら、ない。

額と額が、こつんとぶつかっていた。瞳と瞳が、鼻先と鼻先が文字通りに交じり合っている。

「お前ってさ、無防備だよな」

「…………え」

「いや、ちゅーされた俺が言えることではないけどさ。あ、あの話ってしていいやつ？」

「う、あ」

「うん、いいと解釈すんね。あれは何だったんだってずっと考えててさ。それからうちの学校にもついてくるしさ。男としちゃあ、まあいろいろ自惚れたこと考えるわけよ」

こんな至近距離で話されても、内容が入ってこない。瞳をどれだけ、どこかに逃がしても紀月の瞳が離してくれないし、すり、と触れあう鼻先が何とも焦れったい気持ちにさせる。辛うじて聞こえた無防備という指摘は、ぐるぐると高速回転しては立体化した文字がやはり回って。こちらに投げられたであろうブーメランはやはりブーメランであり、紀月へと返って行く。

「んっ」

もう一回触れた唇に、紀月がまん丸い目で見つめてくる。学習しない男である。それとも、限りなく低い可能性で期待でもしていたのか。

た。

「お前おれのこと好きなわけっ⁉」

前置きなどを一切取り払った紀月が腕で口をガードしながら叫ぶように核心をついた。

「……立場を理由に否定するなら教えてあげない」

「はっ?」

しばらく硬直する紀月。チャンスかな、と思っていると、ブランコから降りてしゃがみ込んだ。反動で揺れたブランコが紀月の頭にぶつかり、けっこう鋭い音を響かせた。

「……いてぇ」

そう言う割には痛そうではない。いや、実際は痛いのだろうがそれよりも一片の言動に動揺しているのかもしれなかった。

「……そもそも紀月だって距離感めっちゃおかしいでしょ」

「え……いや、そう、か?」

ずいっと顔を覗き込み、もう一度唇に触れてやる。

「こんなに顔近づけないでしょ」

「おま、お前なぁ………」

頭を抱え込んでしまったから、少し距離を置いてブランコに座り直す。言うほど置かれていない距離は、もうこれ以上一片が離れたくなかったからだ。過剰に紀月を感じているかもしれないけど、その過剰さが毒になってもその毒に殺されてもいい。座れば、と紀月の服の端を引っ張ってみると、真っ赤な顔で見上げられた。

「ちょ、おま、お前さぁ……」

「そろそろ帰る？　眠くなってきた」

するりと嘘をこぼし、先に歩き出す。参ったような様子の紀月も後からとぼとぼとついてくる。もう隣に並ばないが、今それをやれと言われてもお互い難しい。一片が先行して歩きながら、一定の距離感を維持したまま帰路についた。紀月の手の中で、ゴミが入ったビニールが微かな音を立てる。

帰宅したのは深夜一時半。それほど経っていない、短い時間の中で、この上ない幸福を感じていた一片はこれから眠るという行為をすることが信じられなかった。こんなに興奮して目が冴えているのに、眠る？　眠れるわけがなかった。はーっと吐息は荒くて、枕を抱きしめる。

今日、思いがけず何度も感じてしまった紀月の唇の感触が、自身の心を舞い上がらせる。もう寝不足になってもいい。眠ったら、あれは夢でしたと言われるよりずっといい。

『お前おれのこと好きなわけっ!?』

紀月にしては鈍くない答えにたどり着いたなと思う。これが曲解されて、誰彼構わずキスがしたいキス魔だとでも思われては心外だ。呆れてものも言えない状態になってしまう。

言葉にしたら終わるとすら思っていたが、紀月はいとも簡単にそれを言い。その場の空気を揺らして見せた。かなり派手に。一片の実際の容量と合っていないから、若干の軽さはあるが、それでも。

顔が緩むのを、一人の部屋で抑えなくてもいい。

想いが通じ合ったわけでもないのに、こんなに喜んでいていいのだろうか。自分に自分で問う、けど嬉しいものは嬉しい。触れた。触れられたのだ、紀月に。喜ばない理由なんてこれっぽっちもない。

相変わらず、自身の周りは暗闇だ。でも、紀月がいるからその暗闇があることにも気付けるわけで、紀月がいないと無なのだ、自分は。天井に向かって手のひらを向ける。ほら、見える。目をぎゅうっと閉じて、開く。ちかちかしている光は、紀月そのものであった。

開き直ったのだろうか。

普段通りに接してくる紀月に思う。

警戒もしていない。かといって過剰に緩いわけでもない。これまでの兄妹の距離感だった。

「…………」

「ひとらー、牛乳こぼれてる」

「はぁっ！」

むしろ自分のほうが動揺している。逆であるはずなのに、まったくまか不思議な現象だ。

いつもはこの時間、コーヒーを啜っている父親は、今日は早朝会議とやらですでに不在だ。珍しい。あれでもしっかりサラリーマンをやっているのだなぁと感心してしまう。これまで育ててもらった恩も忘れかけてぼんやりしていると、パンが少し焦げた香りが鼻を掠める。

「なんで俺が堂々としてるかわかるか？」

いきなり紀月が話しかけてきた。それは知りたいことだが、素直にうんと言えない。

昨夜の魔法はすでに切れている。

「ひとらーに嫌われてなくて嬉しいからだ！」

ぱっと笑ってそんな風に言う。一片は、我が兄ながら馬鹿だなぁとしみじみしてしまった。うーん、生まれたての赤子じゃないんだぞ？　いとおしいからって、ちゅっちゅするとでも思っているんだろうか。しかも頬や額でもない場所に。

「……いや、そんなところもいいけど」

「ん？」

いやいや、どれだけ盲目なのだ。

「嫌われてると思ってたの」

「そりゃあ思うよ。だめな兄貴だなーって思ってた」

今兄貴って言ったけど、キスされてるけど、いいの？

と聞きたくなった。

「ひとちゃん、嬉しそう」

「んえ」

「いいことあったぁ？」

みかねは今日は話したいモードなのか前のめりで尋ねてくる。うんざりして、リュックを机に置いた。

「あ、今嬉しそうじゃなくなった」

「よくわかってるね」

「ひとちゃんマスターになろうかな」

なんだそりゃ、と思いながら椅子に腰を下ろすと、登校しただけなのに疲れた気がして突っ伏す。

「ん？　元気もなくなっちゃった？」

「うるさいよ、折崎さん」

「本音のひとちゃんも素敵」

なにを言っても無駄とはこのことだった。

寝不足の所為だろうか。少しの頭痛を自覚し、身体は重いしだるい。まあ、深く考えなくても寝不足が原因だろうなと結論づける。

でも何も、負のことを思う間はない。むしろ思い出されて笑いたくなる。まるで鬼の首をとったかのように、今自分は最強で無敵なのだ。満身創痍だが。

「心は元気、身体はお疲れモードかな？　それって何だろう？」

みかねはとにかくやかましかった。疲れているのをわかっているのにしつこく絡んでくるなんて、悪魔の所業ではないか。すっかり見切りをつけて席を立つ。ついでに解体未満のリュックも肩にかける。

「帰るの？」

うんともすんとも返事をせず、すたすたと教室から出ていく。今日のしつこさの度合いがわからないが、追いかけてくるかこないか五分五分だった。予鈴が追ってこない選択肢を優勢にしてくれて、心底安堵する。みかねはずっとそこにいればいい。そう思うのはひどいだろうか？　だが実際、自分は紀月以外はどうでもいい冷酷な人間なのだ。自分が冷たかろうが温かだろうが、関係のある人間なんていない。紀月でさえ、一片の寒暖差に影響があるかないかもわからない。

紀月でも危ういそれなら、他の誰かなんて関係が皆無だ。そんな人間でいい。そんな人間であるほうがいい。

とはいっても、自宅まで帰る気力はあるようでなかった。廊下ですれ違った担任に不調なので少し保健室で休むと伝えると、不審がられることもなく了承してくれた。担任とはあまり関わりがないが、思い通りに対応してくれると神に近い存在に見えるものだなぁと失礼極まりないことを思う。

「ぅ、っはぁ」

リュックを脇に置くと背中からベッドにダイブする。盛大に埃が舞いそうな行為に、紀月は煙たがるだろうか。今ここにはいないけどね、と付け足す。でも、大学の医務室には来た。あの成島なる男が呼んだのに違いないだろうが。成島は紀月を知らないようだったのに、一片がもらしたフルネームで見つけだしてきたというわけだろう。

あの大規模で、すごい。どんな人脈を持っているんだ。にこにこしている成島が意味のあるようなないような幻聴を囁いてくる。いらん、と手を振ると霧散していった。

紀月は今日も、普段通りに大学か。紀月がいるところに向かいたくなって、うずうずしてくる。さっきまで自宅に帰る気力もないようなことを思っていたのに。布団は好きで、そこまで潔癖でもない一片は清潔に保たれているベッドに転がり毛布を抱きしめた。はああ、癒される。ここでとりあえず一休みして、授業に出られそうなら出て、とプランをぽつぽつ考える。

寝て起きたら、また紀月がいたらいいのに。

そしているわけもなく目を覚まし、年配の保健医に起こされるまで爆睡していた。

「もうお昼だけど、具合どう？　朝から悪かったなら、休んでも良かったのにねぇ」

「あ、はぁ」

のんびりした調子に、こちらも何だか和んでしまう。保健医は穏やかに微笑んでいるから、およそ威圧感とかそういったものと無縁だ。怒られない、というのはほっとする。自分の行いが少なくとも間違っていないという証明になる。一概にそればかりとは言えないが、この場合はこれが正しい。

「頑張って登校したんだねぇ」

いきなりそう続けられ、ひゃっと一気に恐縮した。

「いや！　いや頑張ってないです！　私のなんてただの惰性といいますか……っ」

「惰性でも、いいのよ。えらいわ、来られて」

「……っ」

二の句が継げなくなってしまう。どうしてこんなに手放しで褒めてくれるのか。教師だから？　叱るだけが教育じゃないから？　嬉しいようで恥ずかしいようで、口をぱくぱくさせる。

「午後はどうする？　もう良さそうなら、授業出るかしら」

「あ、あ、はい……」

ふふ、と保健医は笑った。

「やだ、その前にお昼休憩よね」

優しい。優しくて、穏やかな人。

紀月みたいな人。

年齢も性別も違うけど、似たような系統の人に会うと世の中汚いものばかりではないのだなと思ってしまう。そういう癖みたいなものを、自分でも快くないと感じる。でも瞬間的にそう思ったり感じてしまったりするのは、誰であろうとどうにもできないことである。感情のコントロールというのは、表に出すか出さないかだけのことであり、内々のことは問題ではない。

だから自分は嫌な人間なのだと自覚する。

放課後になり、どこか心ここにあらずで帰路を歩いていく。今日の前半は完全に寝に行っただけになったが、午後の授業は出られたから良しとしてもいいんだろうか。

「あ、妹ちゃん」

すれ違ったスーツの男性がそんな声を上げる。一片も反応して、顔を上げた。あの朝、コンビニで出会った紀月の先輩。

「……自動ドアに食われた人」

「いやだなあ、こうして生き残っているじゃないか」

どん、と胸を張っている。そういう振り方をしたのは自分だが、こんなにノってこられると反応に困った。自身でしたことの処理もできない。

「学校帰り？」

「そうですけど……先輩も？」

「残念だけど君の先輩じゃないよ」

「あっそう」

「あー、わー、意地悪言って悪かったよ、去らないで」

「私のこと嫌いなんじゃないですか？」

「そんなことないよ。しかし、やはりお年頃だねえ、好きとか嫌いとか」

にやにやされて、いらっとする。そういうつもりで言ったわけじゃないのに。人間として嫌われてるのかなって、純粋に思っただけで言っただけなのに。やっぱり人間て嫌だな、と思って重いため息を吐いた。

「俺が気付かなかったら、見事にすれ違っちゃってたね。いやあ、ご縁があるんだね」

「いらんです、そんなご縁」

「お口がよろしいようで。くく、刺々しいなぁ」

この人が勝手に話しているだけで、一片はつんとしている。近所のおじさんに捕まったような気にもなる。大きくなったねえ、とかいらない世間話をしてくるのだ。でも、この人は近所のおじさんではない。兄の先輩。どうして一片がこうして捕まっていなければいけないのだ。

「昭島兄のほうとはご無沙汰なんだけど、元気？」

「はあまあ」

ハーマーというハンマーの仲間みたいな言葉をさらっと吐く。それでも意味は通じてくれたようで、それに対して気分を害しているかいないかはわからない。どうせなら害してしまえばいいと思う。そうしたらもう一片なんかに構ってこない。

「相変わらずシスコンなんだろうなぁ」

紀月を思い浮かべてか、空を見上げる。

「シスコンではないですよ」

「ええ？　シスコンだよ」

「……ただのシスコンですよ」

言ってから、はっとする。

「ふぅん？　ただの？　シスコンじゃないと言っていたのに、急にただの？」

「……ねちっこいですねあんた」

「あんた呼ばわりかぁ、急に距離が縮まったみたいでどきどきするね」

思ってもいないことを平気で口にする。軽薄な人間。最も腹の底と発言が嚙み合っていないタイプの人間だ。一片の嫌いな人種。いや、そもそも人間自体好きなわけではないが。

「ねえねえ、このあと時間ある？　お茶でもしない？」

「言いたくないけど、ナンパみたいですよ」

「ナンパだよ」

あっさりと言われ、絶句する。どうして、なんで、自分なんかを。もっと価値のある人間をナンパすればいいのに。

「安心して、変なナンパじゃないから。後輩の近況を聞こうではないか、という純粋なナンパだ」

「………」

「別に君を口説こうとしているナンパじゃないから、安心安全！」

何を言っているんだろう、この人。この世には同じ人間で同じ日本人で日本語を話しているのに、どうしてか話が通じない人種がいる。

そうして渋々、こじゃれたカフェに連れてこられる。メニュー表を見せられて「何にする？」と聞かれる。ロイヤルミルクティー、と自棄のように口にすると、るんるんとスキップでもするように身軽にレジへと向かっていった。

何をしているんだろう、自分は。

頬杖をついて、スマートフォンの画面を光らせる。何の通知も来ていない画面を見て、スリープさせた。ふと仰ぎ見た掛け時計では、午後三時を指していた。帰宅部の一片はだらだらと歩きながら帰宅するつもりだったが、先輩は仕事中では？　サボりだろうか。学生と違って罪が重そうだ、と勝手に想像する。

「お、ま、た、せー」

マグカップに入ったロイヤルミルクティーはほんのり香りを香らせ、泡を載せている。ふお、と前のめりになって覗き込んだ。湯気が熱そう。

自分は紙コップの、たぶんコーヒーを口にしながら対面席に着き、なにやら楽しそうに笑っている。

「楽しいな、女子高生とのデート」

「それってけっこうアウトな発言なのでは」

「あはは、そうだねぇ。お巡りさんはいないね、よし」

「……………」

紀月や成島よりも年上であろうこの人物は、テンポが良い。腹の底と発言が一致しないであろうと思っていたが、何だか素直な感じもして、案外真逆でも違ってもいないんじゃないか、と思い始めていた。ふざけた発言が多く、それが本心ならだいぶ問題はあるだろうけど。

「仕事中じゃないいんですか」

「うん、営業の外回り中。で、自主休憩中。終わったら会社戻る」

「ふぅん」

「あ、飲んで飲んで」

「猫舌で」

「そっか。じゃあゆっくりで、ね」

にこっと笑うそれは営業スマイルというやつか。かなり整った顔をしているから、女性相手ならけっこう有利なのではないか。

「あ、昭島も呼ぶ?」

「んっぐ」

息を吹きかけ冷ましていたら、いきなりそんなことを言われて、飲み込みかけた息が喉に詰まった。

「連絡先知らねえや。呼ぶ? 召還しちゃう? 妹ちゃん」

「…………」

ざわり、と胸が淀む。

自分と二人が気まずかったのだろうか、とさっきまで自分のほうが思っていたはずのそれを相手に思う。こうして二人で面と向かって。でも、それは紀月の先輩である彼と、紀月の妹である一片。お互い紀月ありきの存在である。

自分の欠陥している部分を、ふと自覚する。つまらない、自分。

面白くない、楽しくない、つまらない人間。だから第三者を介入させようとする。なんだろう、この感情は。おかしい。勝手に引っ張ってこられて、紀月を呼ぶかと問われて気分を落とすなんて。まるで、自分一人だけで相手を楽しませたかったみたいな。そんな恥ずかしい感情が、信じがたいけど、少しだけど、それでも確かに存在していたのがもう羞恥の塊になれる。

「えわーっ！」

と叫びたい。自分はいつも何かあると叫びたくなる。子供、赤ん坊。一人で何もできない、未熟の中の未熟。どうしてこんなこと考えるんだろう。

こんなこと考えるのは、自分だけなんだろうか。

「……どした、浮かない顔して。拉致ったから？」

ふる、と緩く頭を振る。

そうだったはずなのに、意にそぐわないことだったはずなのに、今の気分の〝落ち〟はそうではない。自分のつまらなさに落胆している。

「んー。大好きなはずのお兄ちゃんを呼ぶって話で落ち込む？　おかしな話だな、そりゃ」

微かに口を開くと、手のひらで制止された。

「待って。落ち込ませた原因、本人の口から言わせないから。この状況、状態にさせちゃったのは確実に俺なんだから、責任は取る」

「…………」

またこの人は、何を言っているんだ。

「別にあなたの所為ではないですよ」

ようやく一口飲めたロイヤルミルクティーを美味しい、と感じながらぽつりと言う。

「私って、ガキだなぁって。そう思って、なんか」

「ガキ………？」

まさしくそうだろうという言葉を飲み込んだかもしれない。先輩はそんな当然のことを口にはせず、視線を店内に巡らせた。

「年齢は、そりゃ子供だけど。まだ高校生でしょ？　でも精神年齢まで子供のままでいる必要はないわけだし」

当然だ。その通りだ。だからっていきなり大人な思考なんてできないし、それが悔しい。どうしたって子供のままなのだ。このまま年を重ねていけば、大人になれるとも限らないのに。

「嫌になる。子供なのが」

「………うん、そうだね」

穏やかな口調で、やわらかく肯定してくれる。ほら、これは大人だ。

「うん、そう……」

自分の声が湿っているのを自覚する。それを恥ずかしいと思う前に、肯定してくれたのが自分で思っていたよりも嬉しくて驚いた。そこら辺の、ただの大人なら、そうするだろう。深く言及したりしないで、黙ってこちらの言い分を聞いてくれる。真剣な思いに向き合わないで、悪く言えば無責任なのかもしれないけど、一片にはそんなことよりも嬉しさが勝った。同じく、真剣に向き合わなくてもいい人間だから。あと腐れがないから。

わかっている。それを享受してばかりなのも子供だって。でも、もう一人じゃ抱えきれない、こんなことばかりいっぱい考えて、考えて、どこにも行けない。たとえ相手が行きずりの人間でも、吐き出して少しでも楽になりたい。

紀月は遠慮しないで言え、と言ってくれたけど、紀月では近すぎてきっと駄目だった。

この先輩が、ちょうどよかった。

的確なアドバイスが欲しいわけじゃない。

ごくごくっといい具合に冷めていたロイヤルミルクティーを飲み干す。

「…………っ」

「いくらでした、これ」

「ん？　いいって、奢り」

「……美味しかったです」

「そりゃあ良かった」

にっこりと笑う。黙って話を聞いてくれたことには、感謝したいと思う。少しすっきりすることができた。でも、帰ろうとして引き留められて前言撤回したくなった。

「おかわり頼もうよ」

「なんで」

「まだ話していたい」

「口説くナンパじゃないんですよね」

「そうだけどさぁ」

どうにも煮え切らない。さっき少し見直したのに、これでも大人なんだなぁって。

「暇なんですか」

「暇でなくても君をこのまま帰すのは、なんだか忍びないよ」

「……なんですか、それ」

「あのね、俺は君を年下だからって侮っちゃいない。ちゃんと一人の人間として対等に見ているつもりだよ。後輩の妹がしょんぼりしているのを、黙って見送れないよ」

心配されているのだということが、かなりの強さで伝わってきて、戸惑ってしまう。そこまで心配される筋合いはない、と切り捨てるのを躊躇ってしまう。今までそうしてきたくせに。

「……そんなこと言われても、」

困る。だって、これらは一片がきっと一生抱えていかなきゃいけないジレンマのようなものだ。それを、他人に助けてもらおうなんて考えていないし、考えてもいけないと思う。

ただ、この人が言っていることを邪険にできない。どうしてだかわからないけど、振り切って店を出ていけない。

「………」

ふにゃ、と眉根が寄る。こんなに困り切ることは、なかなかない。一人のときならまだしも、相手あっての困りごとの経験が不足していた。

いや、そうではない？

これは、自分の心のバグみたいなものなのか。

「せ、先輩……」

「なに？」

「……私の先輩じゃないって、さっき言ったじゃないですか」

「揚げ足取りかい？」

先輩のほうまで困ったような顔をしていたけど、ようやく営業スマイルが戻った。

北本幸《きたもとこう》希《き》。名刺をもらって、その名前をじっと見つめた。

「希望を持って幸せになれ、という意味が込められてる」

名前の由来を教えてもらっている間、そんなふうに願いを込めて名付ける親もいるのだなと感心していた。自分の家庭が複雑と思っているわけではないけど、やはり少しのイレギュラーさは感じているらしい、と自分のことなのに納得してしまった。

「きたもとこうき?」

「せいかーい」

「ふぅん……いいですね」

「え、俺が?」

「名前が」

「妹ちゃん、名前とは実体込みのことだからね」

「一片です」

「へ?」

「私の名前」

「知ってるよ……ってか、あー、ひとらーってあだ名だったか」

「あだ名なんですよ、それ。独裁者みたいで私は嫌なのに、紀月は呼んでくるんですよ」

「そっか。嫌がることとするのか、あいつは」

「そう。ちゃんと、名前で呼んで欲しいのに」

目を伏せ、願いを込めてみる。

それでも散々、面と向かって言っているのに直さないのは、その気がないからだろう。どれだけ望んでも、もう叶わないかもしれない。

幸希は、黙っている一片に自分の仕事の話を始めた。出版関係の営業だということ。本が好きなこと。自分もだと同調すると、どの作家が好きなのかと熱くなったりしてきた。

「華吹雪《はなふぶき》って知ってる？」

「知ってます。華、吹雪って作家ですよね」

「うおー、まじか！　この人知ってる人に初めて会えた！　超うれしい！」

「先輩こそ、マイナーなんですね」

「マイナーじゃない、あの人は有名だ、って言いたいけど、実際知ってる人少ないんだよなぁ」

まるで恋い焦がれているような瞳で空中を眺めたあと、鞄を漁って一冊のカバーが掛かった文庫本を取り出した。

「いっつも持ち歩いててさぁ。同じの買って布教したりもしてんだ」

「熱狂的なファンなんですね」

「俺が一番のファンだと思ってる！」

ファンレターも何通書いたか……と黄昏れるものだから、思わず吹き出してしまった。

「すご、ガチ……」

「ガチだよぉ、俺は」

にかっと笑う。さっきまでの営業スマイルとは違う、素の笑顔に見えた。

「恋してるんですね、華先生に……」

「恋……してるようなもんかな」

生身じゃねーけど、とまた笑う。それでも存在しているものに心酔するのは、恋だろうと思う。華先生本人か、華先生が書く文章に、物語に恋しているのかは知らないが、それでも実体はない。文庫本は触れられても、抱きしめられても、華先生自体には遠く手が届かない。一片のそれだって、目の前にいてもその心は手に入らない。

どんなに触れたって。

「…………っ」

瞬間、ぞわりとする。

紀月は近くにいて、触れられる距離にいて。

でも紀月がノーと言えば。一片を拒めば、すべては終わってしまうのだ。そうしたら、文庫本一冊に恋い焦がれていたほうがいい。無駄な期待をしなくて済む。

「……生身の人間には、恋してないんですか」

「生身?」

オウム返しされる。目を丸くしてから、コーヒーをこくりと口に含んだ。

「あー、俺オタクみたいなもんだし。学生以来、生身はいねーなぁ」

「……そう、ですか」

一気に羨ましくなってくる。報われないなら、いらない。いらない。いっそ、なかったなら良かったのに。どうしても強すぎる想いが、そんな悲しいことを考えさせる。どれだけ紀月の笑顔と存在に救われてきたか、忘れてしまったみたいに。前も後ろも、黒に塗り潰された世界で、視界を開いてくれたのは紀月なのに。たとえ一片が望む形ではなくても、紀月は自分を大事に思ってくれている。それがもどかしいけれど、事実でもある。

「一片ちゃんはいるんだ、好きな人」

「な、なんで断定ですか」

「表情がね、そんな感じ」

どんな感じだ、と睨むと口笛を吹き出した。自分でも言葉足らずを自覚しているのだろう。

「……得意分野そうなのに」

「意外にもヘタレ？」

「……うん」

「あれ、ディスられた？」

「うん」

「否定しようよ、そこは」

がしがし、と頭を掻くと、足を組み替えた。長い足は、テーブルの下で窮屈そうだ。

「得意分野じゃないねー、たしかに。悪いけど」

「悪くないですよ。別に助言求めたわけじゃないですし」

「素直じゃなーい！」

人差し指の先で眉間を小突かれる。う、と目をつぶるともう一回小突かれた。痛いわけではないが、屈辱的だ。やめろ、と払いのける。

「ごめんね、相談役になれなくて」

「先輩自身の心配したほうがいいんじゃないですか」

名前を教えてもらっても、結局先輩呼びは変わらない。

「え、俺？」

「適齢期とかでしょう」

「いや、うーん、まだ……でもないのか？」

「彼女いないの、焦ったりしないんですか」

「そのへん、俺気楽に考えてるから。いい人いれば、そりゃ頑張るし。いなければ、ふつうに生きてる感じ」

「ふぅん」

「まあモテるんだけどね」

「いらない情報提供あざぁす」

「き、急に体育会系」

腹を抱えて笑い出す幸希に、ふうと息を吐く。笑いの沸点低いなぁ、とか。笑いのツボが独特なのかな、とか考える。

「あ、やべ。時間大丈夫？」

掛け時計を見る。もう午後六時だ。

「そろそろ帰ります」

「うん、そうしたほうがいいね」

「ご苦労様でした」

「殿？　いや姫か」

なんとなく、連絡先を交換しておこうという提案を断りきれなくて、不承不承スマートフォンを取り出した。何の装飾もされていない機器を見ても、幸希は何も言わなかった。シンプルだね、くらいは思われただろうか。

「じゃあ、気をつけて」

「はい」

送ろうか、という提案は断ることができた。ただでさえ自分に時間を割いてくれたのに、帰社がさらに遅れるとまずいのではという配慮でもあったし、暗いからといって怖がる年でもないからだ。

交差点で信号待ちをしていると、もう一度ため息を吐いた。けれど一片に言わせると、これは深呼吸であった。意識して、吸って吐いてを繰り返したに過ぎない。それくらいには、気持ちはけっこう晴れやかだった。他人と話してすっきりするという話は、都市伝説ではなかった。

もちろん多少の緊張疲れはあるが、それでもプラスのものが多く感じた。相手が年上だったからだろうか。得るものも多かったように思う。華吹雪の話も楽しかった。周りに知っている人がいるかいないかも、そもそも知ろうとしなかった。みかねは知っているかもしれないが、全然知らない可能性だってある。どんな可能性も無限に存在するから、考えても仕方のないことだ。

マンションの下で、ばったりと紀月と会った。

「おかえり、っていうか遅くないか？」

「うちって門限でもあった？」

「いや、特にないけど。ひとらーが夜遊びしない子だし。え、てか危ない……」

「無事帰宅したのに」

「そうだけど、そうだけど」

いやに慌てた様子の紀月に首を傾げる。急に腕を摑まれて、エントランスへ入った。エレベーターの上ボタンを押しても、その手は離されない。不思議に思いつつ、頭上に花が飛ぶ。単純に喜んでいる自分がいる。

「連絡くれたら迎え行ったのに」

「ん？」

「ん？　じゃなくて」

「だってなんで紀月が私の迎えにくるの」

「危ないだろ、こんな暗いのに女の子一人で」

「……女の子」

「だろ」

「そりゃ……そう、だけど。妹」

「妹は俺にとってだけだろ。他の男から見たら、可愛い女の子に見えるじゃんか」

「へえっ」

「な、なに素っ頓狂な声だして」

こちらの動揺を不審がる。いや、いやいや。何を平気な顔して言っているのだ。わかっているのか。わかって、言っているのか。いや、きっとわかってない。それなのに、そういうことを言うのか。

「あのさあ、そういうの他の子にも言うの？」

動揺を隠しきれないまま、強気な口調で聞いてしまう。

「そういうのってなんだよ」

「か、か、かわいいとか…………」

ごにょごにょしていると、目的の階に到着し、ポン、と音が鳴る。それによって聞き取れなかったらしい紀月が「え？」と聞き返してきた。

「か、かわいいとか！」

叫ぶように言って先にエレベーターから飛び出す。こちらもいっぱいいっぱいで、リュックの紐を握りしめたまま答えを待っていた。がーっと音がして、エレベーターの扉が閉まった。紀月はまだ出てきていなくて、中に閉じこめられている。

「何してんの……」

一片がボタンを押してもう一回扉を開けると、呆けた紀月がこちらをじっと見つめていた。

「……え、俺、ひとらーに可愛いなんて言った？」

その無自覚は、実際は可愛いと思っていないものか、それとも逆のものか。とっさに天秤を作ってしまい、勝手に前者に傾き、落胆する。

「……無自覚に他の子にも言いまくってるんだね、よくわかった。女たらし」

最後の一言は嫌味で、ぽつりと聞こえないようにつぶやいてやる。さっさと歩き出し、自宅へと足を進めた。

「そ、そんな恥ずかしいこと誰にでも言えるかよ！」

追いかけてきた紀月が珍しく噛みついてくる。恥ずかしいことなのか、と思いながらも黙々と歩く。そういう認識であるなら、誰彼構わず言っているという可能性は低くなった。ほっと安堵し、はっと我に返ると己の忙しなさを自嘲する。家のドアを引いてみると、鍵がかかっていて開かない。まだ父親は帰還していないみたいだ。

「ひとらー、聞こえてる？　言ってないからね、俺は！」

「……ん。わかった」

いつまでもマンションの廊下で口論しているのも馬鹿らしい。素直に頷き、リュックのポケットをさぐって鍵を探す。

「それよりもさ」

二人で家の中に入り、靴を脱ぐ。

「北本幸希って覚えてる？」

廊下をとたとた歩きながら、何となく聞いてみる。お互いそれぞれの部屋に入り、一旦会話は途切れるが、私服に着替えて洗面所に集まると話が再開された。

「えっ、なんでひとらーが幸希先輩知ってんの？」

「今日、会って」

以前、大学まで尾行したときが初対面だが、そんな細かいことは勝手に割愛して経緯を話した。

「へえ、世間が狭いって本当なんだな」

台所で冷蔵庫を開きながら、そんな感想をもらった。それだけか、と不満に思ってもバチは当たらないだろう。そこまで至り、嫉妬の一つもして欲しかったのだなと自分の浅はかさに恥ずかしくなる。自分の先輩と妹が外でばったり会って話した。一言で片づけてしまうと、それは簡単だし嫉妬の対象にもならないことを実感した。


休日になると、さすがに紀月は家に縛られっぱなしではない。友人と遊んでくる、と言って出かけてしまう。土曜日、朝の十時。ベッドの中でごろごろしていると、紀月の元気な挨拶が外出を伝えて、扉が閉まった。しばらく微睡みを楽しんでから、のそっと起き上がる。洗面所を経由してリビングへ行くと、同じく休日の父がカーペットの埃を取るコロコロを転がしていた。

「おはよう」

「……おあよう」

欠伸交じりに言って、言葉が捻れた。

「よく寝るな、一片」

「そうだねぇ……」

「紀月は出かけたぞ」

「知ってる」

「お前は？」

紅茶を作成しながら聞かれた問いに、まだ頭が回らないまま「へあ」と間抜けな声をもらす。

「友達と遊んだりしないのか」

「……しないねぇ」

「そうか、友人より紀月と遊びたいもんな」

「ちょ、解釈！」

「違いないだろう」

「べ、別に違う……ことも、てか、遊びたいとかもうそんな年じゃ、あちっ」

油断していて、ポットのお湯が手に跳ねた。

「大丈夫か」

猫のように丸くなってコロコロしていた父が立ち上がる。

「ぶらこんは治らないのか」

「そっちの心配をしていたのか……」

呆れて、カップの中の琥珀をスプーンでくるくるかき混ぜる。一般的に父親が、娘の友好関係を気にするのはわかる。放課後でも休日でも、遊び回っていたら友達いっぱいいるんだなぁと安心の一つでもするんだろう。

「人並みに心配するんだ」

「するよ、そりゃあ」

そりゃあ、って言い方が紀月と似ている。親子だなぁと思うと同時に、ここにいないことを思い出される。

「……紀月、どこ行ったのかな」

「知らないよ。息子の遊びに行く先を把握している父親なんて気持ち悪いだろう」

「気持ち悪い父であって欲しかった」

「珍しいやつだな、お前は」

にこりともしないまま、しみじみというよりも不気味そうに言われた。そこまで引くことはないだろう。

　正直、友人と遊んだりするなら紀月を見ていたい。

　でも今は、そんなこと叶わない。

「お前、ストーカー行為とかやめろよな」

「はあ？」

「世のぶらこんは知らんが、お前はやりかねないから」

「し、失礼な！」

「思ったことを言ったんだ。腹の底を疑われたくない」

「…………」

　ソファに横になる。しばらくぼーっとしていると、掃除を終えたのか父がテレビを点けた。適当にチャンネルを回し、ふと手を止めるとそれを見始める。

「……いや出かけにくくなった！」

「ん？」

「なんか私出かけたら紀月をストーカーしにいくみたいじゃん！」

「黙って出かければいいだろ、思っても何も言わないから」

「腹の底言ってって言ってるでしょ！　……いやもういいけど！」

　がなっているのは自分だけで、父はあくまで淡々としている。この温度差に疲れてしまい、黙ってリビングを出ていく。部屋で支度をすると、またリビングに顔を出した。

「図書館行ってくる！」

「おー」

ちらりと肩越しに振り返ると、手をひらりと振られた。ふん、と鼻を鳴らすと踵で床を踏み歩き、家をあとにした。


ストーカー。まさか身内にそんなことをするわけないじゃないか。昨夜やっていた、女子高生がアイドルをしつこく追いかけ回していたというニュースに感化され過ぎなのだ。淡泊に見えて、芸能人の熱愛報道などが好きだったりするような父だ。

溜まってきた週刊誌、そろそろ捨てたらいいのに。

最寄り駅から一つ行くと、大きな図書館がある。その駅前にはショッピングモールもあり、本屋を覗いていこうと軽い気持ちで入店した。最初に新刊コーナーを見て、ほうほう頷く。読んだことはないが知っている作家の新刊が出ているのを見かけ、また出してる！　と感心する。コンスタントに出せる作家はすごいなと心から思う。書き続けられる、ということはすごいことだろう。読んでいないから何とも言えないが、実力あってこそだろうから、思わず尊敬してしまう。新刊コーナーに来ると、一連こんな思考をしていた。上から目線でおこがましい、と人に言ったら敬遠されそうだ。

言う相手もいないか、と一人笑う。

一人と独りは違うという。

どう違う？

同じ意味だ。誰かといなければ独りだし、一人だし、そうじゃなければ相手がいるということになる。それだけの、そのままの意味。

回っていると、華吹雪の本を見かける。

この人のは、全部読んでいる。自慢とかではなく、誇りなのだ。一人でも追っている作家がいるということが、自分自身の好きなところになる。

柱に貼ってあるポスターを確認すると、華吹雪の新刊が来月発売するという情報をキャッチする。当日買いに来なければ！　と、闘志を燃やしていると、肩をぽん、と叩かれた。

「よう、奇遇」

「……先輩？」

スーツじゃない私服に戸惑いながら問えば、幸希はにっこり笑った。休日まで営業スマイルが張り付いているな、という印象を最初に抱いてしまう。

「こ、こんにちは」

休日に思いがけず知り合いに会うという事態が初めてで、軽く困惑する。声が多少上擦ってしまった。少し背筋が伸びて、頭を下げた。

「一人?」

「え、そうですけど……なんで?」

「友達といいたら、俺に声かけられてるの見られるの嫌かなと思って」

「ああ、いませんから別に」

「ははっ、哀愁帯びてんなぁ」

この人も、一片が一人なのを否定しない。

否定されないのは、心地よい。

肯定をされたわけでもないのに、調子に乗っているだろうか。

「先輩こそ一人ですよね」

「おお、断定?」

「彼女さんいないでしょ」

「友達いるかもしれないだろう」

「はぁ」

「流すな、流すな。まあ一人なんだけどさ」

でも友達いないわけじゃないぞ、とムキになっているのが、大人なのに何だか可笑しい。笑ってしまいそうになる。

「あー……」

急に幸希が気まずそうな声を出す。首を傾げると「あ、いや」と一片の不安を一蹴しようとするかのように笑った。

「俺、犯罪者かなと思って」

「は？」

訳がわからない。笑顔で何を。

「……万引きでもするんですか？」

「いや、そうじゃなくて」

笑い交じりに否定されるから、万引きする気はないのかと安心する。もし実行する気だったら見過ごせるわけもなく、店員を呼ばなくてはならない。変に他人と関わりたくないから、万引きするつもりじゃなくて良かったと安堵する。

「ははっ」

「な、なんですかいきなり」

「面白いな、一片ちゃん」

「…………」

そう言われて、フリーズしてしまう。面白い？　つまらない、ではなくて？　不思議な感覚だ。つまらないだけの自分を、この人は面白い、と楽しそうに言うのだ。

い。


「興味ある、君に」

「………なんですか、いきなり」

ぽかんとしたまま、それだけしか言えない。

幸希は手の甲で口元を隠して、それでも笑いを嚙みしめているのを隠し切れていない。

「ねえ、デートしない、俺と」

「はっ？」

さっきから、何だ。不思議な発言ばかりしてくるではないか。反応に困る前に、自分の中で言われていることを処理しきれていない。

「ただの、後輩の妹じゃないですか。なんでそんな、構ってくるんですか」

「そんなのは、最初のきっかけに過ぎないよ。そりゃ最初は昭島の話していた妹だって印象だったよ。でも君個人に興味出てきたから、誘ってるの」

「はあ……、……？」

わかっているのかいないのか自分でも判然とせず、反応が曖昧なものになる。いまだにこの人は何を言っているんだろう、と思っているから、たぶん相手の言いたいことはまだ理解できていないのだろう。

「今日時間ないなら、また改めて誘うけど」

「え、ちょっと、まだ、何を……」

「あ、そうだ。華吹雪、来月新刊出るよな」

「あっ！　うん！」

「サイン会とか、してくんねーかな。会ってみたい」

「さ、サインかぁ……」

　そこまで考えたことがない。サイン会ということは、会えるし、サインを書いてもらえるということだ。それはなかなかに興味深い。

　強引な話題転換にも、一片は気付かない。と、いうよりもこちらの話題のがわかりやすい。

　立ち話もなんだから、と謎の流れで下の階にあるカフェに来ていた。完全に華吹雪を餌に釣られたわけだが、一片にはそんな感覚はなかった。

「兄のほうに、俺のこと言った？」

「言いました。世間は狭いなって、それで終わり」

「ははっ、なんで不満そう？」

　丸テーブルに一人用ソファ二つに対面で座っていて、テーブルにはまたロイヤルミルクティーとコーヒーが載っている。コーヒーは一片も紀月も飲めない。父親が飲んでいるから珍しいわけではないが、香りがやはり馴染まない気がする。といって、自宅で飲んでいるのはインスタントコーヒーであり、今テーブルに載っているしっかりブレンドされたものとは香りの強さが違っていた。

いい匂いがするものなんだな、と思う。

自分が飲めないからこそ、憧れのようなものがあるのだろうか。飲める人は大人だという固定観念があるし、その香りだけで自分も特別な空間にいるように感じる。

思うのだが、コーヒー店というのは珈琲店という漢字表記だし、店は全体的に茶色を基調としている。一見、コーヒーしか注文できないのかと思いきやティーもあるので素晴らしい。中には本当にコーヒーしか出さない喫茶店もあるのだろう。そこはもう老舗で、とてもじゃないが一片みたいな紅茶派は行けないだろう。そういった空間で読書をしてみたらどんな感じなのか、興味はあるのだが。

「いらっしゃいませ」

黙々とそんなことを考えていたら、店員の挨拶が聞こえてきた。また新たな客が来たのだ。

「んあ」

出入り口のほうを向いている幸希が声を上げた。コーヒーの水面を見つめていた一片が顔を上げる。

「あれ、昭島?」

「えっ！」

思い切り振り返る。たしかに紀月がいた。店員に向かってピースサインをしている。二名、と告げているのだろう。とっさに一緒にいる人を見ると、男子だった。思わずほっとする。

紀月がこちらを向きそうになって、ぱっと顔を戻す。紀月と目が合ったらしく、幸希が軽く手を挙げる。

「よぅ。久しぶり」

「幸希先輩？　うわ、久しぶりっす！」

紀月の声が弾んでいる。仲良かったんだな、と軽く嫉妬してしまう自分がいる。男でも女でも、紀月と仲がいい人間には妬いてしまう。でもとっさに一緒にいるのが男子で安心したのは、やはり彼女を意識している証拠であった。男でも女でも、と言っていたって、女子といたほうがきっとダメージは大きかったと思われる。

「知り合い？」

「うん、高校時代の先輩」

一緒にいた眼鏡をかけた男子が話しかけ、紀月が喜々として答える。ちょっとごめんな、と眼鏡に断りを入れると紀月が近づいてくる。

「昭島、先あっち座っとく」

「おー、わりぃ」

眼鏡とのやり取りを声だけで聞いていても、眼鏡が遠ざかっていくのがわかる。と、そんな場合ではなく。

「一人っすか、って、デートでしたか」

近づいてきてやっと幸希が一人ではないと気付いたみたいだった。そこで遠慮が生まれたようだ。でもたまたまキャップを被ったままだった一片には気付かない。

「失礼しちゃったな……」

「大丈夫だよ、昭島。ほんと久しぶりだな。そっちこそ友達いいのか」

「いやだって幸希先輩レアで」

「レアキャラか、俺は」

はは、と二人で笑い合う。それから紀月は、少し言い淀んだふうだった。何かを言いたいけれど、すっと言い出せない何か。それが何かもわからぬままドキドキして、ごくりと嚥下する。

「連絡先とか、……良かったら聞いても、いいっすか」

連絡先。一片は、内心そんなことかとほっとする。

「いいよ」

幸希も、微笑んで応じた。その間、一片はここで身を明かすべきかどうするか悩みに悩んでいた。というか、それ以前に妹に気付けよ！　という憤りもある。顔を上げないから仕方のないことだが。

「すみません、お邪魔しちゃって。すぐ行くんで」

ぺこ、と頭を下げたのが雰囲気でわかった。

身を、明かせばいいのに。明かせば、正面から顔を見られるのに。

紀月。

心の中で名前を呼ぶ。

聞こえないけど、呼ぶ。

私はここにいるのに。

「え、ひとらー？」

「ええっ！」

キャップを奪われ、顔を上げる。驚いた紀月がこちらを見て、目をまん丸くしている。

ああ、紀月だ。

「な、なんでひとらーがここに……、てか、えっ？　先輩の彼女……!?」

「違う！」

全力で否定する。幸希が何か言いたげにしていたが、結局何も言わなかった。それよりも、否定の嵐を紀月に浴びせないと。

「違うから！　彼女じゃないから！」

「え、あ」

「先輩も何黙ってるんですか！」

「あはは」

「ちょっと！」

他のお客様のご迷惑になってしまうので……と控えめな注意を店員にされて、黙る。

ふー、ふー、と歯の隙間から荒れた息がもれた。

それからきっと紀月を睨む。

「違うから……」

「わ、わかった」

「あはは、昭島兄妹面白いなぁ」

どうして気付いたの、という問いに「だって呼んだだろ」ときょとんとして言った。呼んだ？　心の中でだけだったのに。声に出ていた？　空気は震えなかったはずなのに。

何はともあれ、休日、一緒にいるはずではない時間に外で、紀月の顔が見られた。

どうしてこれしきのことが嬉しいんだろう。

紀月だから、仕方ないけど。

「ひとちゃーん。見たよぉ」

月曜日、やけに不穏な空気を纏ったみかねが言った。いったい何事か。

「土曜日デートしてたの。彼氏いたの？」

「なんだそりゃ」

彼氏というワードがぴんとこなくて、思わず言葉が出た。でもよくよく考えれば、土曜日はショッピングモールで幸希と一緒にいた。それを見られたのだと理解する。

「彼氏じゃないよ」

「信じてあげられなくてごめん、でもあれは彼氏だよ」

「なんで折崎さんが断定するの？」

少々むっとして言い返す。それでもみかねは引かない。

「空気が恋人だった」

「……あのねえ、変な言いがかりはやめて」

あー、席替えしないかな。最初は好ましいところがあったのに、どうしてこんなにねちっこくなってしまったんだろう。

　みかねは変わった。

　振り向く回数も増えれば、話しかけてくる回数もそれに比例する。最初はお互い興味がなくて、でも何かあれば話せるクラスメイトで、そんな立ち位置だったはずだ。どうしてか干渉してくるようになってしまった。きっかけなんかが、あるんだろうか。

「事実だよ、見たんだよ、わたし」

「まあ、人と一緒にはいたけど、彼氏じゃないって言ってるでしょ」

はあ、とため息を吐く。学校に来てまで、こんなに面倒な思いをするとは思わなかった。

「どんな人なの？　すっごいイケメンだったよね」

「…………」

　野次馬根性丸出しだなぁ。答えたくない。

「……硝《しょう》くんとも、仲良くしてるのに」

「しょうくん？」

　そのとき、予鈴が鳴った。

「昼休み、会議をしよう、ひとちゃん。約束ね」

　くるりと前を向いて、拒否する間もなかった。

しょうくん、とは何だ。誰だ。仲良くしている人間なんて限られている。それなのに、あんな恨みがこもった目で見られてもさっぱりわからない。

逃げるのも、というより動くのも面倒で、昼休憩に突入するとお弁当を手にしたみかねがくるりとこちらを向いた。回転機能が付いているのか、みかねの椅子には。

「あのさ、しょうくんて誰。本気で知らないんだけど」

意外にも口火を切ったのは一片だった。会議とやらから逃れられるのなら逃れたかったが、気になっていることもあった。謂われもない人物と仲良くしていると言われて恨みを買うのはどうしたって誰だって納得いかないだろう。

「そこからなの……？」

「折崎さんのこと嫌いになりそう……」

偽りのない本音が思わずもれた。思っていても直接嫌いになりそう、とは、他人を傷つけかねない。少し考えが足りず発言してしまった。でも、どうしてこうも話が通じないのか、面倒過ぎてすべてを放り投げたくなるのは包み隠せない本心だった。

それでも、と。しつこいかもしれないけど。

嫌い、と本心過ぎるものを口にするのは自分が欠陥人間であることに他ならないんじゃないかと落ち込みそうになる。

「まだ嫌いじゃなかったの……？」

「ええ……」

なんだ、その斜め上を行く反応は。傷つくどころか喜ばれている。

「折崎さん、変」

「ひとちゃんには負けるよ」

「え、私って変なの」

「素敵に変」

「わかんない」

これは会議なんだろうか。いつもの会話と変わらないし、どうにも噛み合っていない部分も多い。会議って、もっとちゃんと書記したりとか、理路整然としたものかと思っていたけど、考えてみれば女子高生二人で話すだけで会議にはならないんじゃないかという結論に至る。真に受けていた自分が馬鹿真面目過ぎたんだろう。

こほん、とみかねが芝居がかった咳払いを一つ。

「では、硝くんの紹介から」

すっとスマートフォンを取り出すと、みかねは目の前でつい、つい、と操作をする。しばし待つ時間もかからぬ内に、厳かにその画面を一片に向けてきた。

「……ん？」

それは男子生徒の写真。うちの高校の制服だ。正面からではないのと、少しブレていることから、隠し撮りの疑いがあった。本人は撮られている自覚もなさそうだし。眉間にしわを寄せ、不機嫌そうに学校の机で頬杖をついている男子には見覚えがあった。

　まず、あの朝のコンビニでの万引き冤罪。

　それから、音楽室でのピアノ。

　まったくの見知らぬ人物ではなかったが、知り合いでもない。そんな男子。

「これが、しょうくんとやら？」

「乃木硝くんです」

「へえ」

　で、終わりだった。一片としては。

　みかねもそうならいいのにな、と思いつつ彼女の表情を窺ってみる。

「硝くんと話してたでしょ、ひとちゃん」

「え、話してない……」

「話したよ！　音楽室の前で！」

「ああ……」

　当事者もうろ覚えなことを、どうしてみかねが知っているのか。不思議がっているのが顔に出ていたのか、みかねがネタバラシをする。身を寄せてきて、内緒話をするように。

「盗聴器しかけてるんだもん、彼に」

「…………………はぁ」

本物のストーカーが目の前にいる。

「えっと、私は通報すればいいのかな」

「違うよー、事実でしょって話！」

まったくわからん。助けて誰か。

「……話したかもしれないけど、一言とか二言だよ。仲良くはない。そんなので仲良くなったら、世の中大変なことになると思わない？」

「硝くんとひとちゃんは特別なんだよ」

瞳をきらっと光らせて言う。一片は疲れてきて、もうあとは話半分で聞いていた。というより、聞き流していたというほうが正しい。

もう好きにしゃべって早く満足してくれ、と思う。

「属性が似てる二人は、前世からのつながりがあって、もう少ししたら二人の間にきっかけが生まれて、もっと親しくなっていくんだよ……」

「あ、今日ハンバーグ入ってる」

お弁当の中身の話である。

「二人ともまだお互いに気付いてないだけ。気付いたら、もう止まらなくなる……」

みかねも止まってくれない。他のクラスメイトと普段話さないから、助けを求めるこのもしにくいし、いつも快適に過ごしていた分が裏目に出てしまった。あー、誰かの子を止めて欲しい。


「折崎さん、おなか空かないの。お昼だよ」

一応試みてみる。けれど、君たちのほうが大事だよ！　と一蹴されてしまう。負けた気がして、少しむうっとする。

「その男子なら、飛河先生のほうが仲良くない」

「飛河朱音先生ね。さっすがひとちゃん、把握してる！」

「はぁ～……」

もう嫌だ。我慢できない。黙って聞いていれば、ただの妄想話だ。どうして一片と乃木が特別なのかさっぱりわからないが、接点もないに等しい人間とどうにかなる予定もない。よくよく思い出してみれば、本当に乃木は飛河先生と仲が良さそうだった。乃木は反抗心丸出しだったが、飛河先生には逆らえない感じだったし、妄想するならその二人のほうが断然有意義ではないのか。

「盗聴してたら知ってるでしょ、私とその男子、大した話してなかったよ」

いや、会話になっていたかも怪しい。

「これからだよ、ひとちゃん」

「んんんんん」

ああ言えばこう言う。ファイト、ぐっと拳を作られても本当、困る。何か。自分は何か試されているのか。忍耐力とか、そういったものでも。

……紀月に会いたい。

心をこんなに不快に乱されて、たまったものじゃない。困る。しんどい。苦しい。ハンバーグをもっと美味しく食べたい。

そう思ったら、こうして黙って話しているのが馬鹿らしくなってきた。もっと早くに気付くべきだった。逃げちゃえばいいんだ。こんな理不尽なものからは。自分をマイナス方向へ導こうとするものからは。

「折崎さん」

「なぁに？」

「妄想は一人でやってね。私は帰るから」

にっこり笑って言ってやった。ちゃんと嫌味として受け取ってくれただろうか。もうそんな心配をする時間も惜しい。やっと黙ったみかねを差し置いて、お弁当を片づけ帰る準備をする。どうかもう、追い縋ってこないでね。願いを込めて、踵を返す。

「ひ、ひとちゃぁん」

最後に、情けない声で呼ばれた気がするけど、決して振り返らない。

職員室に寄って、担任に早退すると告げた。体調でも悪いのか、と聞かれ「はい、とても」と眩暈を装って額を手で押さえた。装った、つもりだった。でも本当に具合が悪くなってきて、嘘が本当になった。担任も疑わず、気をつけて帰るんだぞ、と心配そうに見送ってくれた。どうしよう、みかねがいると思うと明日から学校来るの嫌になる。なりそう、ではなく。でも、さっきので大人しくなってくれるだろうか。もう話しかけてこないだろうか。それだったら、何とか来るけれど。

友人とは思っていなかった。でも、好ましいところもあった。そういう人間を、その唯一を、自分は今日、失ったのだ。悲しいわけじゃない。寂しいわけじゃない。そんな一般的な人間の感情が自分に備わっているとは、とても思えない。

どちらにしろ、明日みかねがどういう態度をとったとしても、一片はみかねと話すことはないのだろう。

華吹雪のことも、結局聞けず仕舞いであった。

ぽこん。

『今どこ』

『大学だけど』

『大学のどこ』

『A棟の二階』

『だけど、何、どうした』

『わかった』

『何がわかったん?』

以上、トーク画面でのやり取り。

トークで送信したように了解した一片は、さっそくA棟を目指す。途中、案内板を見ながら、もしかして自分は方向音痴なのではという可能性に至った。あまり外出しないけれど、それによって今までは方向感覚があるかないかもわかっていなかった。

そんな欠点も持っていたとは、と眉間にしわを寄せる。ただでさえ欠陥人間なのに、もう欠点はたくさんだ。

かといって人に聞くのも嫌だし……。

軽く途方に暮れて、あの日以来のベンチに座った。なんかすぐに座りたくなるのが、ちょっとお年寄りみたいだと自分で思いながら、まだ十代なんだけどなぁと思いを馳せる。

独り言とまではいかないが、一人で黙々と思考している時間が心の旅をしている感があって、いいんだか悪いんだか。

「おや」

ベンチに座って真正面を向いていたら、左側から声がした。反射的にそちらを見ると、前と違う私服を着た成島が驚いた顔で立っていた。

「また迷子?」

失礼な。

「違いますよ。休憩です」

「君っていっつもここに座ってるよねぇ。またお兄さんに会いに来たのか」

「A棟ってどっちですか」

「A棟なら、ここを右に行って……、案内してあげようか」

「すみません、説明面倒になりました?」

「いや、説明じゃわかりづらいだろうから」

「……ご親切に、どうも」

よいしょと立ち上がる。すると、成島は遠慮なく思ったであろうことを口にした。

「今日はずいぶん素直なんだね」

「紀月の居場所が事前にわかっているので、苛々が少ないんだと思います」

「そっかぁ」

納得したのか、いつものように笑った。いつものように、というほどこの人と面識がないけれど。でも、出会ったときから笑っている。紀月といい幸希といい、笑顔が煌めいている人物が周りに多い。自身が笑顔と縁遠いからだろうか。

あっさりとA棟に着くと、成島を見上げる。

「ありがとうございました」

「いえいえ、お兄さん、今ここで講義受けてるんだ」

「そうなんでしょうね」

「今日はきっちり連絡とれてるみたいで、良かった。迷子じゃなかったね」

そんな曇りない目で見ないで欲しい。

「あれから話せたんだね」

「……まぁ。んー、はい」

「ま、徐々にってことで」

白いトートバッグを肩にかけ直す。

「僕は次の講義あるから、ここで失礼するよ。今の講義も、もうすぐ終わる。お兄さん、すぐ来るよ」

背中を向けながら、肩越しに言う。

「可愛い妹が来てるんだからね」

Ａ棟に足を踏み入れ、階段を上った。階段が長くて、驚いてしまうほどだった。運動不足で体力不足な一片にはきつい。踊り場で立ち止まり、まだ十代だけどな、とまた思って、それでも足を動かすしかない。

ようやく二階にたどり着くと、壁に等間隔で並んでいる扉がある。このどれかの部屋に、紀月はいるのだろう。二階といっても、どの部屋だ。

じっと耳を澄ましていると、男性が講義しているような声と、微かなざわめき。開け放たれた窓から、そうっと風が舞い込んでくる。木が近くに立っているからか、鳥の鳴く声も耳をくすぐってきた。大学ってこんな感じなのか。はじめて紀月を二番目にして、そんな感想を抱いた。

男性の声が一際大きく聞こえた。それでも廊下にいる一片にはくぐもって聞こえるため、何を言っているかまでは判別できない。

次の瞬間、いくつかの扉が開き、わっと大人数が出てくる。講義が終わったのか、と遅蒔きながらに気付いたときには、人混みに揉まれていた。

「……っ」

こ、これはきつい。

というより、つらい。

みんな階下に向かっている。一つ一つのグループがおしゃべりに興じながら、それに逆らおうとする一片を邪魔そうに一瞥していく。息苦しい。さっきまでの爽やかな風が恋しい。

まずい、このままだと意識を失いそうだ。

圧迫されてまともに呼吸ができない。苦しい。そんなに背が高くないから、埋もれて、埋もれてどんどん下へ行く。永遠とも思える荒波が徐々に去っていくと、膝から崩れ落ちそうになる。手すりを摑もうとした腕を、誰かに摑まれた。

「ひとらー!?」

紀月が焦った顔をして、階段の真ん中にいた一片を引き上げる。

「おまっ、よく制服で入れたな！」

「そうだった……制服のままだった……」

息も絶え絶えなまま、言われて気付く。

良かった。大学の警備員に捕まる前に、紀月に会えた。

「酔ったんだろ、あんだけ人いれば！」

「うぅ酔った……気持ち悪い」

とりあえず階段に腰をかけた。しばらくこの棟は人通りが少ないらしい。

「飲みかけで悪いけど、水分」

お茶の入ったペットボトルを、キャップを開けてから渡される。うーと唸りながら、お茶を口に含んだ。

「はー……」

　人がいなくなると、またさっきの爽やかな風が舞い込んできて、頬を撫でた。人の気配も、紀月しかいなくて、ほっとする。人の気配はやはり大敵である。

　この静けさは完璧ではない。窓の外から、階下から、ざわめきは微かにだが響いてくる。でも、とても息がしやすくなった。生き返った心地で、気持ち悪さも消えていく。

「大丈夫か？」

「うん……」

「ひとらーは俺をびっくりさせてばっかりだな」

「意図するときもあればないときもある」

「どのみち俺は驚くじゃねーか！」

　からっと笑って言う。あー、紀月だ。

　ぼんやりと思って、口元が緩む。細めた目が、ものの輪郭の正確さを奪う。

　死ぬかと思ったけど、やっぱり来て良かった。後悔をしないことは、自分にとって珍しい気がした。やって良かった、と安堵……自分の正解さに喜ぶ感じが、珍しい。

　まだまだ未知のものって、あるんだなぁ。当たり前だけど。

手すりに頭を預ける。真正面を見ると、誰もいない踊り場があって、さっきまで人の多さに嫌気がさしていたはずなのに、なんだか落ち着く場所かもしれないと思った。紀月がいるから、その影響だろうか。

「最近、よくうちの学校くるね」

「……味を占めた」

「でも制服はまじいかも。落ち着いたら、医務室行くか」

「医務室……？　帰らなくていいの」

「まあ、帰りなさいと言いたいとこだけど。まだ明るいしね」

「……また拗ねるとでも思ってんだ」

「それもあるけど」

あるのか……自分で言っておきながら軽くショックを受ける。

「また一人で、遅くまで外いられたら嫌だし、……幸希先輩といられても、なんか」

ここで幸希の名前が出るとは思わなかった。目をぱちくりしていると、ばつが悪そうに乱雑に頭をかき乱した。

どういう意味か。

聞いてもいいんだろうか。

一片にとって、良い話になる、で合っているんだろうか。

「な、なんで先輩が出てくるの」

「……俺のさ、デリケートな問題になるんだけど」

「え……」

ざわ、と胸が騒ぐ。

一片が考えているような、能天気な展開にならないことを暗示するように。

「兄貴のこういうの、聞きたくないかもしれないけど」

紀月のことなら何でも聞きたいよ、そう言いたいし、思っているはずなのに、今は怖い。聞くのが怖い。

いつかのように、その口を塞いでしまおうか。

手でもいい、口でもいい。何かを言おうとしているその唇を。

自分の都合の悪いことから目も耳も背けたくて仕方ない。

目をぎゅっと瞑る。耳を塞ぎたい手が震える。

その様子を見た紀月は、肩から力を抜いた。

「ごめん、無理に聞かせるつもりはないから」

立ち上がる。

「そろそろ、どう？　行けそう？」

言葉を出せないまま、こくりと頷いた。手を引かれ、普段なら舞い上がる嬉しさはしんと音を鳴らさないまま。

「……ごめんな」

まだ内容も伝えていないのに、謝る。

一片にとってよくないことだと教えるように。

こんな雰囲気にしてごめん、という意味にだって捉えられるけど、とてもそんなふうには思えなかった。思いたくても、思えなかった。

「なんか意気消沈な兄妹が来た」

と、最初は軽口を叩いていた医務室の女性だが、二人があまりにも硬質な雰囲気を纏っているものだから、それ以上は何も言わなかった。

「俺終わるまで、妹を匿ってくれませんか」

「いいけど、君そんなんで講義受けれるの？」

「……受けれます。受けますよ」

苦いものが口内に広がる。苦しそうな紀月の顔なんて見たの、久しぶりかもしれないし、あるいは初めてかもしれない。今まで隠していたのか、紀月は、自分の中に、そんな苦しいものを。知らなかった。知らなかった、自分は。

紀月をずっと想ってきた。嫌いなところも想えるから、これは本物なんだと。本物か偽物か、比べるものも知らない。ただ、ずっと、紀月だけ。

本当は偽物でも良かった。本物だと思っていたけど、それが偽物でも紀月を想う気持ちになんら変わりなんてなかった。

照らしてくれたのは、間違いないから。

「……何ギスギスしてんの」

「したくてしてるわけないでしょう」

紀月が講義に戻り、女性と二人になるとそんなふうに指摘される。こっちだって、好きでしているんじゃない。

いつだって紀月には笑っていて欲しい。

それが一片のわがままでも。

紀月の気持ちを無視していても。

隣がベスト。

少し遠くても、笑っているなら許したい。

どうしようもなく遠い場所に行ってしまったら、きっと自分は耐えられない。それを放って行けないだろうという打算的な考え。

「君たちは、ここに揉めに来てるのか？」

「……揉めるつもりなんて、ない」

「実際気まずい雰囲気だったけど」

「揉めたって、元に戻ればいい」

「元に？」

そう、元に。

……元に？　どれだけ前の、元通り？

女性は前髪をかき上げた。大人な仕草で、様になる。

「ブラコンって言われるだろう」

「……うるさいな」

「ブラコン以上の想いがあってもな、」

ぱっと顔を上げる。

「兄妹なのは変わらないんだ」

カップを持ち上げて、息を吹きかける。湯気が、彼方に浚われるように歪んで動いた。

「君の想いが変わらないのと一緒」

「…………っ」

「これ以上は意地悪になりそうだから言わない」

座っていたパイプ椅子の上で、位置を正す。

「あ、君の紅茶忘れてた。飲むだろう？」

朱い口紅がにやりと笑う。人の気持ちを暴いて楽しいのか、とよほど暴れてやりたくなった。でもそれは責任転嫁に過ぎなくて、余計に情けないことだった。

消化しきれない想いが渦巻いて、消えたはずの気持ち悪さがまた顔を出してくる。

どうして引っ込んでいてくれないのか。

どうして、嬉しいままでいさせてくれないのか。

甘い気持ちのまま、過ごせないいんだろう。

想っている人がいるのに。そばにいてくれるのに。

大事に想ってもらっているのに。

笑ってくれているのに。

どうしてこんなに寂しいのか。

「ほんと、意地悪……」

兄妹じゃなかったら良かった、と思ったことは意外にも少なかった。だって、こんなに長い間そばにいられた。他人だったら、出会うまでに時間がかかる。その時間は絶対に勿体ない。生まれてすぐ紀月が近くにいてくれたことは奇跡で、

その奇跡は、私と紀月の想いを通じ合わせてくれない。

絶対に。

兄と妹だから。

「……ああ、泣くな、泣くな。紅茶飲め」

「ねごじだ……」

「そうか、そうか」


味気ない日々は過ぎ去り、肌寒かった季節は少しの蒸し暑さを帯び、初夏と呼ばれる季節になった。

「あっついねぇ」

みかねが机の上で伸びている。気力が一切見られない、ただ人間の形をしたものが動かない様を見ていても仕方ない。窓の外に顔をやった。廊下側の席故、手前にはクラスメイトが雑談するというういらないオプション付きではあるが。

「……うん、暑い」

まだ初夏なのに、と思いながらも正直な感想を口にする。

これでは夏本番は干からびて死んでいるかもしれない。死ぬのもいいかもな、と思う一方で、暑さのあまり死ぬのは馬鹿らしいかとも思う。焼死や凍死も、自然ではない。本来なら老衰が理想的なのだろうが、そこまで長生きしたいとも思わない。かと言って病気になるのも嫌だし、事故ももちろん嫌だ。

毒とかどうかなぁ。

不穏なことを考えていると、机の上に置きっぱなしにしていたスマートフォンが震えた。ちゃんとマナーモードを守っているので、バイブレーションのみで音は鳴らない。

誰からか、予想することなく通知を見る。

予想しなかったら、誰からであろうと一喜一憂する必要がない。

幸希からだった。

『元気？』

その一言だけだった。なんの変哲もない、挨拶のような一言のメッセージ。紀月にではなく一片に？　それとも二人にいっぺんに送っているのか。

ここ最近、幸希とは偶然も奇遇もなく顔を合わせていなかった。

避けていたつもりはなかったが、無意識にそうしていたんじゃないかと問いつめられれば、絶対的な否定は難しいかもしれない。

自分は元気だろうか。否。

失恋したようなものだった。

あれを恋と呼ぶことを赦されるのなら。

『先輩は？』

質問に質問を返す。すぐに既読がついて、あんまり、と一片と似たり寄ったりな返信がすぐにぽこんと音を立てた。

『お互い元気ないのか』

『元気？　って聞くとき、自分はふつう元気じゃないとダメじゃないですか？』

『え、そうなの。知らんかった』

幸希とのやり取りでスタンプを使うことは非常に珍しいことであって、トーク画面には文章の羅列がずらーっと並んでいた。

『今週の土曜、空いてますか』

『何故急に敬語』

『言っただろ、君を一人の人間として尊重しているって』

『年下だからって、馬鹿にしたりとか、しないよ』

『だからって年上も馬鹿にしちゃあダメですよ』

少しの間が空いた。

ぽこん。

『ちょっと元気出た』

単純だな、と思ったのを、打ち込もうかどうしようか迷う。それからやり取りは途絶えた。まだ終わらない休み時間、トーク画面を眺めていたら、今週の土曜の予定を聞かれていたことを改めて目にする。

あ、と思ってぽちぽちと文字を打ち込んでいく。

『土曜日は、空いています』

数秒して既読がついた。向こうも休憩時間だろうか。

『会いたい。会ってくれない？』

「…………直球」

「何ー？　彼氏ぃ？」

屍だったみかねが姿勢もそのままに、一片の独り言を拾って聞いてくる。無視しても、もう何も言わなかった。以前のように、お互いに興味がない干渉しない状態に戻ったのだ。

――会いたい。

「…………」

嬉しかったりする。こうして好意を向けられるのは。

それでも、誰でもいいわけではなく、たぶん相手が幸希だからだと思うし、思いたかった。

『会いましょう』

たまに事務連絡みたいになるのが、一片は少し面白く感じていた。事務連絡、というか、そうじゃなくてもやり取り自体が、相手が幸希だから楽しいのだと思う。

以前の唯一は、唯一ではなくなった。

あの日を思い出す。

一片が覚悟を決めた日。

「聞かせて欲しい。紀月のこと」

そう言い出せるまで、少し時間がかかった。

でも、切り出せた。

それまで普段通りに話していたけど、それをきっかけに紀月がまたあの苦しそうな顔になった。

「そもそも紀月が、私に知って欲しいの」

「……うん。知って欲しいと思う」

「なら、聞く」

台所に立っていた紀月はコンロの火を消した。夕飯の時間は遅れるだろうが、父親は今夜は遅くなると連絡がきていたので、一片と紀月の空腹加減が大丈夫なら、問題はないだろう。

ソファに並んで座ると、重い沈黙が落ちた。

紀月が動き出してびくっとする。紅茶を二人分いれて、戻ってきた。

「……ショック受けちゃうと思う」

ことん、とカップをテーブルに置いた。

うん、と心の中で相槌を打つと、まるでそれが聞こえたように、紀月は話し始める。

「好きな人がいる」

はっきりと、口にする。

大丈夫、と膝に置いていた手をぎゅっと握りしめた。

「女の子が、一般的なんだろうけど、俺の場合、違くて」

「……うん」

声は震えてはいなかっただろうか。

決して、紀月の好きな相手が男性だからと、偏見を持って、動揺したわけじゃないと言いたい。

「ああ、いや、違うな。女の子が好きだったよ、まあふつうにさ。同性好きになったのは、その人が初めてで」

「……うん」

「といっても、恋愛っていうものがそもそも、俺とはそんなに縁が深いものじゃなくて。好きになった人も、付き合った人も、ほんと数えられるくらい」

ファーストキスは、正直言ってひとらーだよ、と軽く言われて驚愕した。

「え！　嘘！」

「嘘じゃない。付き合った人とは、しなかったから……って、ああ、妹にこんな話するのなんかアレだな！」

照れるな！　と言いながら赤らんだ顔を手でぱたぱたと扇いだ。笑ってしまいそうな場面なのに、何故だか泣きそうになる。こうして話してきたんだ、今まで。もう話せなくなるわけじゃないのに、どうして泣く必要があるのだろう。

「……泣くなよ、笑うとこだろ」

「うん」

「ははっ、湊」

テーブルの上のボックスティッシュを引き寄せ、何枚か取ると一片の鼻にあてがう。

「懐かしいな、昔はよく、遊んだよな。公園とかでさ。ひとらーが転んで泣いたら、こうして鼻かませてた」

「……いもうと」

「そう、妹だよ。ひとらーは、俺の可愛い」

「かわいいって、思ってんの」

「思ってるよ。可愛い妹だって」

「妹……」

「うん」

あんまり優しく言うから、ショックよりも温かさに胸がぎゅっとなる。

「紀月……」

「ひとらーはお兄ちゃん、って呼ばないよな。いつも名前呼び。いいんだけどね」

「紀月……」

「はいはい、なぁに」


「好きだよ」


紀月が、少し驚いたような顔をする。兄として好かれていたと思っていたものを、ようやく違うと解釈してくれたようだった。

「紀月が好き」

「え、あ、兄として……」

「兄としてじゃなくて！」

ごっくん、と嚥下した。じわじわと実感がわいてきたらしく、ほのかに赤かった顔はもっと朱を帯びた。

「嬉しいの、嬉しくないの」

勢いでそんな二択を突きつけてしまう。紀月はまた口元を腕で隠して、目線をそろっと逸らしてしまった。

「う、嬉しいけど……」

「けど！」

もう胸ぐらを掴んで揺さぶらんばかりの勢いであった。そんな暴走寸前の一片を宥めるように、両手のひらをこちらに向けた。

「い、妹だし」

「き、キスしたもん！　動揺してる紀月かわいかった！」

「お、男にかわいいって！」

「紀月だもん、私の紀月だもん。かわいいし、かっこいいもん……っ、好きなの……」

「…………」

「ずっと、ずっと、好きだった。紀月しか見てこなかった」

抱きついてしまいたくなった。でもそうしたら、もっと気持ちがあふれてしまいそうで、それを我慢しなければいけないことはわかっていて、ぐっと拳を握った。

叶わないのは、もうわかった。わかったから、わかっているから、どうか「うん」て受け止めて欲しい。受け入れなくていいから、叶わないことは、もう嫌と言うほどわかったから。

「……そりゃ、勿体ないことさせちまったな」

「勿体なくない、」

「そう言ってくれて、ありがとう。ありがとな、ひとらー」

ほら、鼻かめ、とティッシュをあてがってくる。自分はそんなに泣いているだろうか。

鼻水がとめどなく出てしまうほど、ティッシュで拭われないといけないほど、泣いているんだろうか。……泣いているか、そりゃあ、と納得する。

生きてきて、これまで十七年、一人の人間しか見てこなくて、叶う訳のない夢を見ていて、それが決定づけられたんだから。

紀月に気持ちがバレたら。拒絶されたら。

自分はもう死んでしまうかと思っていた。

でも違った。死ぬこともないし、拒絶されることもなかった。叶わないけれど、受け止めてくれた。

それで十分幸せなのだと思わないと、それこそバチでも当たって死んでしまうんじゃないだろうか。

「俺よりいい人、いっぱいいるから……」

「いない」

「いるよ」

「いない……っ」

「そっか、それは光栄だなぁ」

「ばか」

「うん、詰っていいよ。そんだけ俺はひとらーを傷つけてきたんだから」

「傷ついてないっ、甘いのも苦しいのもくれた……っ」

「苦しいのあげたらだめだろ」

「いいの、紀月だからいいの！」

「……はいはい」

テーブルの上の、二つの紅茶が冷めていく。黙々と上がっていた湯気はいつしか薄くなり、水面は静かになった。

気持ちもいつかこんなふうに穏やかになっていくんだろうか。

紀月がいなくても、死ななくても、幸福と感じることがこれからあるだろうか。

「ありがとう」

そう、まだ生きている。

紀月は毎朝洗面所ですっきりした顔で「おはよ、ひとらー」と笑う。一片はじとっとした目で、うざい、と反抗期を再開させる。

困ったように笑うけど、すぐに頭をぽんと触って、「よしよし」なんて言ってくる。

猫か犬か、と思いながらその手を振り払う。

「うざい」

「ね、」

「ねって何」

「うざくてもお兄ちゃん大好きだもんね」

「……もう嫌いになった」

ふいっと顔を逸らして嘘を吐く。


早くも夏は過ぎ、また寒くなってくると、ゾンビだったみかねが元気を取り戻し『乃木硝のファンクラブ』を作り始めた。乃木に対するみかねの思いは恋なのかファン心なのか判然としなかったが、クラブを作ったということはファン心のほうなのだろう。そちらに変化した可能性も、ないことはないが。

一片と硝が特別だと言っていたみかね。二人をくっつけたかったようにも思えるが、それは何故なのだろう。自分との妄想を、しなかったのだろうか。

まあ、みかねのことも、乃木硝のことも、言ってしまえば飛河朱音先生のこともどうでもいい。勝手にしてくれ、と思う。みんな好き勝手にしたらいい。

その三人も、何も一片に干渉されたいはずもないのだから。

「一片ちゃん」

待ち合わせ場所に先に着いていた幸希が手を挙げる。スーツじゃない私服姿にもそろそろ慣れてきた。

「お疲れさまです」

「ん？　休日だよね？」

「私と会うために時間を浪費しているので」

「……君ってそういうところあるよねぇ」

肩を竦めてそんなことを言う。

「なんですか、文句ですか」

「そのくせ強気」

「はあ？」

「ま、いいけどさ」

「一人で納得しないでくれます？」

むすっとする一片を見て、幸希はぶはっと堪えきれなかったように吹き出す。今までの一片だったら、ここで気分を害して「帰る」とでも言いそうなものだったが、我慢強くなったものである。と、いうよりもこの人間から離れがたくなっていた。会ったばかりで即帰宅なんて、口にしたとしても絶対に実行したくない。

「君って自分が嫌いなの？」

歩き出しながら、そんなことを聞いてくる。はてなマークを浮かべながら、端からそんなふうに見えるんだろうかと考える。

「……別に。好きでも、嫌いでも」

そこまで言って、以前の幸希との会話を思い出す。

「好きとか嫌いとか、まだ先輩もそういう年頃なんですね」

「うん、それで言ったよね、いい人いれば頑張るって」

「はぁ…………」

「あれ？　伝わってない感じ？」

足を止めてしまうので、一片も止めざるを得ない。

数歩先を行っていた一片は、立ち尽くしている幸希を眺めた。

「何止まってるんですか」

「いや、いや」

と慌てて追いかけてくる。隣に並んで、歩きだそうとする一片の肩を摑んだ。

「っと！」

触れた手をぱっと放す。不思議そうに見上げる一片に、降参の意を示すように両手を軽く上げた。

「許可なしに触っちゃったから……すみません」

「許可いるんですか？」

「…………」

「あの、早く座りたいので。ついでに喉渇いたので。行きますよ」

ほら、と手招きする。しばし固まっていた幸希は、やっと「はい」と返事をした。

「ちょっと一片ちゃん、君さては魔性だね？」

「……初めて言われましたけど、そんなこと」

「…………そっか」

納得していないような、何か言い足りないような顔をして、幸希はとぼとぼと歩く。

「……何か不満ですか」

いつもみたいに笑っていないと、不安になる。自分の言動が悪かったんだろうかと。

でも、この人相手にならえてしまうから、それで不快に思われてしまったのなら後の祭りになってしまう。困ったものだ、どうしたらいいのやら。

じーと見つめると、幸希も見つめ返してくる。

それからお互い何だかきまり悪くなって、ほぼ同時に逸らす。

「不満じゃないよ」

普段よりも声量が小さい気がするつぶやきは、全神経を幸希に向けていなかったら聞き取れなかったかもしれない。

「会ってくれて、嬉しいよ」

「…………………」

直球は、反応に困る。笑えばいいのか、怒ればいいのか。いや、怒ったら可哀想か。

会う理由は、もう後輩の妹だからでも、兄の先輩だからでもない。

一人と、一人が、一緒に居たくている。

「……じゃあ、不満そうな顔しないでくれますか」

「そんな顔してないでしょ」

「先輩は笑ってるのが通常運転だから、それ以外の顔は心配になりますよ」

「………」

寒くなってきて、一片はますます室内に入りたくなった。もー、と足踏みする。

ポケットの外に出ている幸希の無防備な手を掴み、引っ張る。

「許可いりました？」

「い、いりません」

「じゃあ、行きましょう」

「…………やっぱり魔性だよ」

つぶやいた声は、今度は一片の耳には届かなかった。


「昭島さん、こんにちは」

移動教室で廊下を一人で歩いているときに、後ろから爽やかな声に呼ばれた。振り返ると、教材を抱えた飛河がにっこりと笑顔でこちらを見ていた。

「……こんにちは」

何故自分に挨拶するんだろう。いや、生徒だから別に教師が挨拶しても何もおかしなことはないんだけれど。人が少ない廊下を、遠回りになるが早めに教室を出て通っていた一片としては、何事かと思う。

それに、どうでもいい扱いをしていた手前、一対一になると何だか後ろめたい。

「今度、歌の小テストあるじゃない？」

「はぁ」

何回か音楽の授業で行われている小テストは、今回で何回目だろう。数えていない一片にはわからないが、すでにけっこうな回数を重ねている。多くないか、とは思いつつも直接飛河に文句を言いに行けるはずもなく、面倒くさがりながらやり過ごしていた。

「どう？　調子は」

どう。と言われても。一片は首を傾げて見せた。すると飛河は、くすりと微笑む。

「いつも本気出してくれないんだもの、昭島さん」

なんてことを言うのか、この教師は。

「そ、そんなことないです。いつも本気です」

さらっと嘘を吐ける人間になったものだ、と少しもの悲しくなる。

「能ある鷹は爪を隠す、ね」

「能ないです」隠せるほどの爪もないです。

「謙遜しないで、せっかくいい声しているのに」

「…………」

わかりやすく疑いの目を向けていても、微笑みを絶やさない。この人、人に本気を出せと促すけど、自分こそその発言やら仮面やらは本気なのか。

容姿端麗で透き通ったきれいな声の持ち主の飛河は、男子生徒から人気がある。女子生徒も、ひねくれた者以外なら好感を持っていることだろう。一片はひねくれている側の人間だが、きれいな同性に反感を抱く種類のひねくれではないため、疑ってはいるが飛河がそこまで嫌いではなかった。

かといって、こうして直接何かを言われるとびくついてしまう。

「えーと」

「つまり、本気のが聴きたいの」

「いつも本気ですって……」

「あら、そんなに頑なだとカラオケにでも連行しちゃおーかな」

楽しそうに言われて、ひいと声が出そうになる。

怖い。直感が訴えている。逆らうとひどいことになる。

「普段、どんな音楽を聴くのかしら。歌ってるの聴きたいわ、本気で歌っているの」

飛河とは、こういう人だったのか。少し関わっただけでも印象が変わるものだ。

「そういえば先生って現国なのに、音楽も担当してるんですよね……」

「うん、音楽も好きなの」

「生徒と遊びに行っちゃまずいでしょう」

「やだ、内緒で。まあ女同士だし、バレたところで何ら問題ないわよ、大丈夫」

「…………」

「いいわ、授業で本気出さなくても。カラオケ行くほうがいっぱい聴けるもの！」

自分の周りには変人しかいないのか。次の授業に遅れるので！　と逃げていくと、当然だが飛河は走って追いかけてくることはなかった。でも体力がないからすぐに力尽きる。

飛河先生はへん、という情報を新たに持ちながら移動教室にたどり着き、一片はまたため息を吐く羽目になった。

まあ今は無害に近いが、みかねといい、飛河といい、危険な人間とよく関わってしまう。類は友を呼ぶ、という言葉を、頭を振って吹き飛ばす。そうすると、自分も変人になってしまう。

他人と関わるようになってから、夜に思いを馳せなくなった。夜を夜として受け入れて、当然のように眠る時間だと捉え、薄暗闇で目を開けていることが減った。

布団に潜れば眠気が襲ってきて、目を閉じる。今日あった出来事などを振り返っている間にもう意識はなくなっている。しばらくは夢を見ないでぐっすり熟睡できる日が続いたが、それからはちょくちょく夢を見るようになった。

破廉恥で、人に言いたくない夢。

誰しもこういった夢を見るんだろうか。それとも一片だけ、特別はしたないのか。

嫌だ、と対抗して目を開けていても、重くなってくる瞼は強力で、逆らえない。でも、また夢を見るんじゃないかと意識する日に限って、夢自体を見なかったり、何だかよくわからない夢ならではの不思議さを体験するだけの日もあった。

「夢？　見るよ」

アイスコーヒーのストローをくわえながら、幸希がさらっと答えてくれた。

「見るよ、そりゃ。自分は見ない、って人たまにいるじゃん？　その人も見てるからね。覚えてないだけで」

「……そうですか」

「何、嫌な夢でも見てるの？」

一片が黙っていると、額を指先で小突かれた。

「痛い」

「ごめん、痛かった？」

「痛くないです」

「あはは」

眉間にしわ寄ってるから、と眉と眉の間を撫でられる。

「……手」

「うん？」

「手、貸してくれますか」

「いいよ」

幸希は、片手？　両手？　と聞きながらも両の手を差し出してきた。

「捕まるんですか？」

手首の内側同士を合わせるように出してくるものだから、まるでお縄につくみたいだった。

「いや、やっぱ犯罪者かなぁと」

「私といるから？」

「いたいけな女の子に手出してると思われるかな」

「いたいけ」

オウム返しをして、鼻で笑ってしまう。自分のどこが、と。……ああ、こうやって卑屈な部分を、自分のこと嫌いなのかって指摘されたのかなと思い至る。これはあくまで一片の推測に過ぎず、実際に幸希がどう思ってそう尋ねてきたのかはわからない。

そうなのかな、違うのかな。他人の腹を探ってばかりで、疑ってばかりだったけど、今はそんなふうに考えを巡らすのが楽しいとも思える。きっと、いや絶対に誰彼構わずそうなわけではない。これも幸希限定だったらいいのに、と思っている自分がいる。

ない。

「では」

と、改めると照れてしまう。でも、目の前に差し出されているものを、見逃す手は
ない。

そっと指先で、手の甲に触れる。まだ、足りない。

指の腹に骨ばった手の熱が感じられるけど、範囲が狭い。指先は震えていて、それ
を幸希にも注目されている。

「……み、見ないで」

「え、見てたいんだけど」

簡単に言い放たれ、それ以上見るなとは言えなくなった。

指の第一関節、第二間接も肌の上を滑らせる。思っていたよりもさらさらとしてい
る感触に、一瞬他のことが考えられなく、見えなくなった。

「ど、どうですか俺の手は」

「黙って」

「はい」

ゆっくりと、時間をかけて、幸希の手を包み込んでいく。といっても、幸希のほう
が当たり前に手が大きいから、包みきれない。それでも一片の手のひら全体を使って、
覆う。自分の熱が、相手の熱が、触れあって溶けていく。

「……寒い？」

「いや？」

「ちょっと冷えてる」

「一片ちゃんがあったかいんだよ」

「知ってます、心の冷たい人は手があったかいって」

「それ迷信だから」

笑い交じりに指摘され、えっと顔を上げると、思っていたよりも近くに幸希がいた。

「……ねえ」

「えっと……はい」

「すっごい今更なんだけど、一片ちゃんの好きな人と、どうにかなった？」

近い距離のまま、そんな素っ頓狂な質問をしてくる。じとっと、幸希のきらきらしている瞳を見つめ返す。

「生身の、いるっぽかったじゃん……」

「……今までいると思って、会ってたんですか」

「いや、俺なりのアプローチのつもりで。だから触れたりとかは、我慢してたけど」

「今、触れてますけど」

「一片ちゃんからだから、セーフかなって」

しん、と二人の間に沈黙が落ちる。顔を横に逸らして、はあっと大きなため息を吐いた。手は、放せばいいのに放さない。得も言われぬ感情で、ぎゅっと手に力を込める。

「……もう振られました」

「え」

「自分で古傷抉るような真似、私にさせないでください」

「だって、君が振られるほうなの？」

「そりゃ、そうですよ」

「ふぅん」

「なんですか、」

「いや、言ったら君怒るから」

「なんですか、言っていいですよ」

「いててて」

軽く爪を立てると、さして痛くもなさそうに幸希が痛がるフリをする。その余裕ぶっている感じが腹立たしく、ぱっと手を放した。こんなにも他人に触れていたのは初めてで、少し手のひらが汗ばんでいる。

「腹の底まで言ってくださいよ」

「くく、欲深いんだね」

隠すように笑うと、また両手を差し出してくる。さっきは空中に差し出されていたそれは、力を抜ききってテーブルに肘をついている。

「何」

「また触れてくれたら言うよ、いいでしょ」

「………」

内心で舌打ちしそうになる。でも素直に、いや、腹の底を聞きたいという純粋な思いで、もう一度触れようと手を伸ばす。その手が、素早く幸希に捕まった。

「ラッキー、って思ったんだよ。君の生身の相手がいないってこと聞いて」

ぶわっと顔が熱くなる。さっきまで寒かったはずなのに、いきなり熱を帯びた自身に驚いてしまう。

「なら、遠慮なくガンガン攻めてもいい？」

「！」

幸希は今までとは違って、一片の了承を待たなかった。握った一片の手を口元まで引き寄せると、そっと唇を押しつけた。

「はあっ！」

自分の手をばっと奪い返す。残念、と言いながらも幸希の笑みは曇らない。一片の手を掴んでいた己の手を、ぎゅっと握り込む。ただそれだけのことなのに、何だか純潔を奪われたかのような、心ごと持って行かれたような、身に覚えがある感覚。これは、ずっと紀月にだけだと思っていたもので。

惹かれていく。

「一片ちゃんが嫌がることはしないから安心して」

と、言われても。

本当に安心なんかしていていいんだろうか。

もうこんなに、持って行かれているのに。

歌の小テスト。本気を出せ、ということは手抜きしていたのがバレていたということで。本気を出せばどうなるかなんて、自分でもわからなかった。

それでも、一片は自分が思っていたよりもちゃらんぽらんではなかったらしい。驚くほど真面目な根っこを持っていた。だから、歌のテストの際に、少しだけ、いつもよりお腹に力を入れて声を張ってみた。

クラスメイトの反応なんて大したことはないが、飛河は瞳の奥をきらきらとさせていた。他の生徒には感づかれないよう、普段通りを装って「はい、ありがとう。じゃあ次の人」なんて言っていたけど、手で握るペンが小刻みに震えていたのを一片は見たくもないのに見てしまった。

夏は、油断しているとすぐにやってくる。

寒い、と布団に丸まってぬくぬくしている心地の好い日々。寒いのはつらいけれど、防寒してぬくぬくできるのは冬の美点というか、どうにも悪くないところだ。

でもそんな日々に流されていくと、あれ、あったかくなってきたなぁなんて思い、その次には暑い！　となるのだ。季節の移り変わりに鈍感というか、執着していない一片にとっては、気を抜くといきなりくる暑さの化身の夏は大敵だ。有り体に言えば、季節を気にしていない。ふと思うのは寒いな、あったかいな、暑いな、涼しいな、の繰り返し。四季は四つなのに、それを重んじない、大切にできない一片は日本人として勿体ないというか、重んじられる人にとっては白い目で見たくなりそうな存在だろうと思う。

そんな不特定多数に非難されても、それが自分だから仕方がないと思いつつ、重んじられる人は情緒があっていいなくらいには憧れていたりもする。まあ、次の瞬間には忘れ去ってしまいそうな事案でもあった。

そう、そんなことは些細なことであった。

薄いダウンケットをお腹にかけ、むき出しの両足の指をグッパーグッパーする。

突然、控えめに部屋のドアをノックされた気がした。

「寝てたか？　すまん」

「どうしたの、珍しいね」

父親は新聞を片手に困った顔をしていた。

「この、一時からの番組を予約したいんだが。してくれないか」

「ああ……いいけど」

廊下を二人一列に並んでぺたぺた歩いていると、父が控えめに名前を呼んできた。

「最近、紀月ってあまり言わなくなったな」

「………」

「ぶらこん卒業したのか」

「卒業したほうが嬉しかったんじゃないの」

「うん。心配してた。でも卒業したらしたで寂しいなんて、勝手だよな」

なんて言えばいいのかわからず、黙る。

「寂しいのは、おれだけじゃないだろうな、と」

「………」

リビングのドアを開ける。テレビが点いていて、放送している番組がバラエティーなのか盛んに笑い声ばかりが響く。テレビに近づいていくと、隠れて見えなかったソファに横になっている紀月に気付いて、驚いた。

「びっくりした」

「おー、ひとらー、もう寝てたのか？」

大学のテキストをぱらぱらとめくっていたらしい紀月が笑った。

「部屋にいるかと思った」

「んー、親父が映画見ようって言うから」

「え、私誘われてない」

「へ、へんなアテレコすんなあ！」

はは、とアテレコした父親が乾いた笑いをもらす。

「うちって家族仲良いよな」

「娘ハブっといて？」

「ほら、拗ねてる」

「す、拗ねてないもん。ていうか、紀月いるならやってもらえたんじゃないの、予約」

「二人して一片の顔見たくなったんだよな」

「な、夕飯のとき見たじゃん」

妙な晩だ。まだ早い時間に床についていた一片がこうしてリビングに引き戻されるなんて、イレギュラーなことだった。部屋に行っても、勉強したり本を読んだりしているけど、今日はたまたま電気を消してベッドに横になっていた。

「恋バナでもする？」

紀月が起きあがりながら言う。テキストはぱたんと閉じてしまう。家族の団らんの始まりを告げる合図のようだった。

「いや家族団らんで恋バナって」

ふつう、というかきっと一般的にはしない。

「親父からね」

「では母さんとの馴れ初めを」

「結婚してるのに恋バナなの？」

「一片、嫁は一生の恋人なんだよ」

親の恋バナなんて聞きたがる子供っているのだろうか。幸いに、一片や紀月は親の恋にまつわるそういった話に抵抗感はなかったが。

でも恋バナって。

紀月を案じてちらりと見ると、にこっと笑った。

「親父には言ってあるよ」

「……うちってオープンだね」

「みんなオープンにしてしまえばいいのさ。家族なんだから、へんな隠し事は水くさいじゃないか」

そう言われて、そうだな、と頷けるのはこの家族だからだと思った。この父親だから。兄が紀月だから。この三人だから、オープンでもいいと思える。

一人だけ酒を飲んでいた父は潰れて寝てしまった。

紀月と、紅茶を飲みながら、話はもう少しだけ続く。

「ひとらーからは聞きにくいと思うから言うけど、俺の片想いなんだ。一生叶わない、片想い」

「……どんな人」

「めっちゃいい人だよ」

そうだろう、と思う。自分が想ってきた紀月が心惹かれるっていうことは、相当いい人なんだろう。

それなのに、叶わないと断定してしまうのはどうしてだろう。何に阻まれているというんだ。

「叶わないっていうのは、同性だから？」

「そういう偏見はない人だと思うけどな。もしそうなら、幻滅できるかな。いっそ嫌いになれたらいいのに、って思う。そうしたら、こんな苦しい気持ちもなくなってくれるのに」

「……………」

「あ、ごめん。愚痴っぽくなった」

「いいよ。知ってるから、そういう気持ち」

「……こっちから言っておいて何だけど、よく兄貴のそういうの平気だなぁ」

「私も偏見とかないから。ていうか、兄貴を好きになっておいて、今さら同性がどうとか言わないでしょ」

「……そっかぁ」

いいな、ひとらーのそういうとこ。

そう付け足されて、悪い気はしなかった。たとえ恋情が含まれなくなったからって、当然どうでもよくなるわけじゃない。大切な人に変わりはない。好きだった人の前に、家族なのだ。

「それを理由に、振られるってことはないかもなあ、じゃあ」

「告白してないの」

「できないよ、できるわけない」

「なんで決めつけてるの」

「……だって、」

「言いたくない？」

「……正直言って、言っちゃうと逆に歯止めきかなくなりそうで怖い。相手は知らないからっていう縛りで、今自分を制御できてる感じだから」

その感覚は、わからなくない。

というよりも、共感し過ぎてしまう。

いつもそうやって自分を抑え込んでいた。

紀月は知らないから、ふつうの顔ができていた場面も多い。逆に言ってしまってからは、承知されているからと甘えた心が顔を出す。自分の気持ちは周知の事実だと、気が大きくなる。それは間違いなのに。

相手を思いやれる覚悟がないと、告げてはいけないのだと、実感した。でないと自分の大きくなった気持ちだけが先行してしまう。相手の気持ちを度外視して、どれほど自分の気持ちが重いのか、尊いのか、輝いているのか。誇示したくて仕方なくなる。一片は、その覚悟がなかった。内に抑えることが難しくなって、あってないようなけなしの理性が壊れ、暴走するままに身を任せてしまった。

紀月はちゃんと理性で押しとどめている。

一片よりも、数年でも長生きしているからであろうか。

「私は、言ってしまえば、なんて絶対に言わない。決めるのは紀月だから」

「……うん」

やさしい顔をする。いつも紀月は、そんな表情を見せてくれて、一片に安心と甘い毒を与えていた。

「想ってるだけでいい、なんて言えればいいんだけど。俺めっちゃ欲望に忠実ってゆうか、恥ずかしくなる」

「私のほうが、欲望に忠実だから。紀月なんて我慢し過ぎて病気になるんじゃないのってレベル」

「やさしいなぁ、ひとらーは」

くしゃくしゃと頭をかき混ぜられる。一回布団に入って少し乱れていた髪の毛は、ぼさぼさになった。けれど、目を細めてそれを受け入れた。今だから、受け入れられる。前とは違う、穏やかな気持ちで紀月の手の大きさとあたたかさを感じられる。

自分をやさしいと言う、やさしい紀月。

それは、だってそれは。

「紀月と血、つながってるんだから、そうかもね」

なんて悪態に変わってしまうけど。

欠陥人間だけど、自分は。

でも、そういうやわらかい要素も、もしかしたらあるのかな、って。そう思えるのは、紀月の存在があるからだ。

頑張れ、とか。

応援してる、とか。

自分が善人の真似事をしているようで言いたくないけど、思っているよ。口では紀月にそう伝えられないかもしれないけど、気持ちは本当だから。

ガンガン攻めるって何？

あのときから疑問があふれかえって、頭からぽろぽろこぼれ出ていきそうだ。

もう会うことが自然のようで、それが当然であるかのような感覚がお互いの中にある。確認し合ったわけではない。そろそろ嫌だったらこれ以上一緒にいないだろうな、というのは一片の考えだが、幸希は幸希でどう思っているんだろう。

もう、ともに過ごした時間は数えられないほどになっていた。

幸希の言葉は一片にとって、どう受け取ったらよいかわからないものだった。よく紀月の鈍感さを呪ったことがあるが、血は争えないのだろうかと思う今日この頃である。自分にもそういう鈍さがあるんだろうか、と。

幸希ははっきり口にしない。

大人ならではの。直球で物事を話すタイプかと思っていたが、肝心なことは言わない。正確に言えば、遠回しに伝えてくる。まどろっこしい、も該当するか。

今日も今日とて、いつものカフェでお茶をしていた。会うときは大抵ここで二人してお茶を啜っている。晴れている日は、テラスが展開されているカフェへと赴いたりもするが、蓑虫のように決まった場所が好きな一片にとっては、ここがやはり一番落ち着く。肩の力が抜けてしまう。普段なら、他人と一緒にいて嫌でも強ばってしまうのに。

対面に座っている幸希を、カップ越しにちらりと見る。ちょうど時同じくしてカップに口を付けていた幸希と目と目が合ってしまった。

「ん？　なぁに」

にこっと微笑まれ、視線の意味を問われる。

が、視線がかち合ったということは、向こうもこちらを見ていたことになる。

自分だって見ていたくせに。

と、大声で言えるはずもなく。（ブーメランになって返ってくる）

「そっちこそ」

「俺は見るよ、そりゃあ」

「なんで」

聞くと、ずいっと身を乗り出してくる。距離が一気に近くなって、思わず引いてしまう。

「そろそろこのテーブルが邪魔になってきたな……」

なにやらぶつぶつと言っている。と思えば、名案が浮かんだとばかりに表情を輝かせ、立ち上がると椅子を持って隣まで移動してきた。

「な、なんですか。何してるんですか」

奇行にぎょっとして、その理由を聞きたがってしまう。いや、聞かないと本気でわからない。

「よいしょ、と。隣いいですか?」

「よ、よくないです、ちゃんと大人しく元の席に戻ってください」

「え、せっかく運んできたのに」

と、近くを通った店員に「すみません、椅子動かしても大丈夫ですか」などと聞き、「ええ、構いませんよ」と言われてご満悦な表情をこちらに向けてくる。

店側の了承という公式の武器を使ってくる。大人の汚いやり口だ。

「最初の頃は、ちょうどよかったかもしれないけど、今はもうもどかしくなってきた」

「な、なにが、」

今までお互いで挟んでいたテーブルに目をやって、幸希は答えとしてくる。なんでもかんでも口にして答えてもらえないとわからないほど、子供でもなかった。

距離のことを言っているのだ。

当初は、あの対面の距離がちょうどよかった。近すぎず、遠すぎず、声を張り上げなくても、多少の小声でも店のざわめき加減によっては相手の耳に届くくらいの距離。

「そろそろもっと近づきたい」

「……っ、ま、待って」

ずずっと、椅子ごと後ろに少し後ずさる。手でできるだけ顔を隠し、あわあわと言葉を口にしようと必死になった。

「そんな、いきなり」

「いきなりじゃないよ」

「先輩」

「はい」

「待って……」

「待ちます」

忠犬よろしく幸希が即答する。ずいずい追いかけてきそうな雰囲気だった幸希の椅子も、ぴたっと止まる。丸テーブルの周りを椅子ごと一周しそうな勢いだったものが、やっと止まった。

「ひぃ、はぁ……い、いきなりじゃないって言うけど、私と先輩のタイミングは同じじゃないんだからね」

「そうだね」

「……違う人間なんだから」

「そりゃそうだ」

「……っ」

からっと笑われ、生真面目に考えていた自分が多少馬鹿らしくなってくる。

幸希といると、こうして笑ってくれるから自身のネガティブさに落ち込みそうになっても、すぐに掬い上げられることが多い。

気持ちが地上から浮きっぱなしみたいだ。

足のように、地に着いてくれない。足も、浮いているんだから着いているか危ういのではないかとも思う。それって人間としてどうなのだ。しっかりできていないんじゃないか。まだ子供なのはわかっているけど、分別がつく年齢であるのには間違いないのだから。

「だから俺は、言葉でもちゃんと伝えようとしてるんだけどなぁ」

「……言葉」

そうか、違う人間でタイミングも違えば、言葉を使う、声を掛け合うということか。と一人納得する。なるほど。

「が、ガンガン？」

「ああ、ガンガン攻めるって言ったやつ？」

「ひぃ……」

「え、そんな怯えないで。一片ちゃんの嫌なことはしないって」

「ほんとかな」

「本当」

「……えー」

「疑われてんの？　き、傷つくな……」

冗談みたいに言うけど、腹の底はわからない。自分がいつも不安がっていたことではないか。これで幸希が傷ついてないよ、と笑ったとして、本当の腹の底で傷ついていたら嫌だ。隠さないで欲しいし、そんな自分を殴打しなければいけない前に、傷つけた相手を気遣わなければならない。

「……ごめん、傷ついた？」

幸希は目を瞬かせた。一片の言葉に、少し驚いたように。

それからすぐに、一片を安心させてくれる笑顔を見せてくれる。

「大丈夫。傷つけたのが一片ちゃんなら、治してくれるのも一片ちゃんだから」

「……先輩」

幸希はすごいなと思う。そんなふうに人に言えるのか。傷つけられた、お前の所為だと他人を責めることなく、許すというのも少し語弊があって、一回は受け入れたそれを、修復してもらおうとする。自分で傷を舐めて癒すのではなく、他人に治してもらうという、他人あっての修復。自分一人で解決しない。相手と自分があって、できること。

「疑って、ないですよ。わかってます。そんな人だと思ってません」

「……ん。ありがと」

おもむろに出された手に、もうびくっとしない。まだ、自分に自信がなくて、差し出す手はおっかなびっくりになってしまうけれど。どうか嫌がっているとか、そんなふうに勘違いをしないで。

手と手が。皮膚と皮膚が触れあうと、じわりと熱が広がる。手をつないでいるわけじゃない。お互いの指と指を弄ばせるような、小さな戯れ。

でも不思議なもので、これだけで幸せな気持ちになれる。

幸希の指は一片よりも長くて、きれいで。幸希の指に触れることによって、小刻みの震えを止めてくれる。だから、震えていない。

「……先輩は、不思議ですね」

「そう？　至ってふつうの男だけど」

追いかけてくる指から逃げ回っていた指が、きゅ、と摑まれる。やわらかい力で、嫌だったらすぐにでも抜け出せるような拘束が、一片の胸を甘く締め付ける。

「好きな子に触れたがる、ふつうの男だよ」

「………」

「……今の言い回しはきもかったかな、ごめん、なし」

しばしの間をおき、珍しく照れたように笑う幸希。撤回しないで欲しい、と思う。それを口にしようとして、はたと思い留まる。だって、それこそ気持ち悪いと思われてしまうんじゃないか？　幸希がきもい発言だと思ったことを、嬉しいと感じる一片こそが。

「引いた？」

「引いてません」

だって、口にはしないことにしたけど、そう言ってもらえて嬉しかったから。喜ぶ発言をされて、引く人間なんていない。むしろ押したい。

「もっと近づきたくなります」

緩く、一片の指が、幸希の指を握る。手のひら全体で包んだ幸希の指は、大人しく収まっていた。そうすると、一片の指に、幸希の指が寄ってくる。包んでいたはずなのに、いつの間にか包み返されていた。

「……ほんと？」

「私は、腹の底で何を考えているかわからない人間ですか」

「いや……けっこうわかりやすいけど」

「なら、いちいち確認しないでください」

「だって……」

幸希の片手がそっと離れ、逃げていく。幸希は左腕全部を使って表情を隠そうとしているけど、一片には丸見えだった。もう、どんな顔をしているか見なくてもわかる。

「夢かと思うじゃん。素直にそう言われると」

「私を信じられないわけじゃないんですね」

現実か夢かを判別できないのは、一片を疑ってのことではない。幸希のほうの問題になるな、と安心する。安心というのも変だけれど。それでも夢うつつとは、大丈夫だろうか。瞳を覗き込もうとすると、目元を隠されてしまう。

「そう、そうだよ。わかるでしょ、俺一片ちゃん好き過ぎて参っちゃってんの」

「………」

「おかしくなりそうなんだよ」

そんなの。

「そんなの……」

自分も同じだ。けっして幸希だけがおかしいわけじゃない。おかしくない、だって、一片にも同じ現象が起こっている。いつ死んでもおかしくないほど鼓動は高鳴っているし、熱くて、暖房の温度を下げて欲しいと思うし、放されたままの右手が寂しくて仕方ない。熱いのに、汗をかくのに、戻ってきて欲しい。

「先輩」

幸希は左腕を駆使して、どうにか表情を隠そうとしている。明後日の方向を向いていて、正面から一片を見てくれない。

再び瞳を覗き込もうとすると、真っ赤な顔を隠していた左手の付け根で、額を押し返された。

「ほんと、ただの男でつまんなくて、ごめん」

「……この手はなんですか」

「あまり近づかれると、その……これでもいろいろ我慢を、」

「…………」

「して、いて……」

一片が目を逸らさず見つめていると、尻すぼみしていく。珍しいことは続くものだ。

こんなに余裕がない幸希は、目にしたことがない。ぱちぱちと瞬きを繰り返し、しっかりと目に焼き付ける。

立場が逆転したみたいだった。

いつもは、こうして余裕のない一片を、幸希が楽しそうに眺めている。幸希のほうが大人で、一片はまだ子供だから、逆転できたとしてもこんなにすぐにその機会がくるとは思っていなかった。

薄暗い照明でも、真っ赤な顔が見える。

浮き足立っているのはお互いさまだろうが、こうして余裕のなくなっている様子を見ると、こちらは却ってそれを焼き付けるために冷静になれるのかもしれない。ふうん、そういうものなのか。

一片は、そっと手を放した。次いで立ち上がると、幸希は驚いて見上げてくる。

「どこ行くの」

「お手洗いに行ってきます」

すん、としてそう告げると、拍子抜けした様子の幸希は頷いて「気をつけて」と言葉を添えた。同じ階にあるトイレに行くだけなのに、気をつけるも何もないだろう、なんて思いながらも喜んでいる自分がいる。

とにかく、お互い頭を冷やさねばならない。

あのままだったら、爆発しかねない。

公共の場で、爆発させるものではない。

気持ちはどんどん高ぶり、逃げ回っていたくせにもっと近づきたくなってしまった。おそらく、幸希が我慢しているものも同種のものと思われる。爆発寸前の爆弾を抱えている二人が、一緒にいたらまずいであろうことは一片にもわかる。

よく幸希は席を立たなかったものだ。

我慢できないほど苦しいくせに、離れがたかったのだろうかと考えるのは自意識過剰だろうか。まるで先に立ったほうが負けとなるゲームをしていた心地になる。そうすると、負けは一片になる。でも、別に相手が幸希なら負けてもいい。勝負であったなら、お互いに勝利を譲り合うような、そんな馬鹿みたいな二人だから。

「…………」

水を頭から被りたい気分だった。トイレの洗面台で自分の顔が映っている鏡をぼんやり眺めながらゆでたこみたいだな、と思う。

水道水で手を洗うと、そこから熱が冷めていく。あんなに熱かったのに。

戻るのが怖い。

あのとき、あの場の雰囲気に、殺されそうだったと今さらながらに危機感を感じた。

サウナに閉じ込められた。

端的に言うとそんな感じ。

「胸が苦しい………」

死ぬのかな?

あれだけ多くの時間をともにしてきて、ここで、今さら。想いが積もり積もって、とんでもない熱さを、熱量を、生み出してしまった。

「ふー」

タオルで拭った手で、ぱたぱたと顔を扇ぐ。

水で濡れた手以外はまだまだ熱いままだ。手の甲を頬につけてみると、手の冷たさに頬がじゅっと蒸発したような音を立てたような錯覚を受ける。

「……なんだこれは」

紀月のときは、こんなふうにならなかった。

苦しいのは一緒だけど、なんだろう、この詰まる感じ。死ぬのかな、って何回思えばいいんだ。

先輩も、こんな感じなのかな。

わからない。

「先輩……」

帰宅すると、まだ夕方なのにシャワーを浴びた。浴室に行こうとする一片に、父は「まだ湯はってないぞ」と驚いたように言ったが、うんと返事しただけで浴室につながるドアを閉めた。

頭からシャワーをかける。

幸希とは、主に休日に会っている。そのほとんどが、いや、全部が。遅くならない内にと、夕方には帰されてしまう。もっと一緒にいたいのに、なんて一片は言えなくて。幸希もきっと、言えなくて。

時間に背中を押されるように、帰宅を促される。

会っているからといって、いつも特別なことをしているわけじゃない。映画館や水族館、美術館といった、そういうぱっと思いつくようなデートスポットに赴いたことはない。電車に揺られて遠出をしたこともない。会うのはカフェで、二人並んで歩くのは待ち合わせ場所からカフェまでだったり、本屋を回ったり、帰り道などだけだったりする。

出かける、というより、ただ一緒の時間を過ごしている。カフェではずっと話しているのかというと、そうでもない。ずっと無言であったりもするし、数分間だけ黙々と読書をしたりもする。薄暗い店内だから、二人ともすぐに顔を上げて、目と目だけで「暗いね」と言い合ったりする。

そんな、なんでもない時間が好ましい。

「大丈夫か」

濡れた頭にタオルを被り、ソファでぼーっとしていると父に声をかけられた。

「うん？」

「最近、よく休日いないな。あんまり話せないから」

「……ん、そうだね」

朝食は一緒にとっているが、ゆっくり話すという雰囲気でもないし、帰りも父が圧倒的に遅いから、休日に家でだらだら過ごしていた一片とは、よく話せていた。

最近はそうじゃないから、どう？　という感じで父はリビングの椅子にソファのほうを向いて座った。

日が落ちていくのが早くて、カーテンはもう閉じている。台所の電気だけが点いていて、コンロの火がぐつぐつと何かを煮込んでいるようだった。

「今日は早かったな」

「……早く帰されるんだよ。暗くなるからって」

「いいじゃないか、大切にされて」

「大切」

「ああ。親にも心配かけないようにしているんだろう」

「……うち、来ればいいのに」

「呼べば、」

「お父さんは」

「いちゃまずいな」

「いやまずくはないけど」

「まずいだろ、向こうも気まずいだろ」

「……そういうもん？」

「呼ぶときは、言ってくれればどこか出かけるよ」

「追い出すみたいじゃん……」

「夜は帰ってくるよ、当たり前だが」

「いれるの夜までじゃん……」

「なんだ、泊まって欲しいのか」

　堂々巡りのようにも聞こえるやり取りが途絶える。そのときに、鍋の蓋ががたがたと揺れ出す。ああ、と焦って父が台所へ向かった。

学校は、以前にも増して退屈になったように感じる。元々楽しいとも思ってなかったが、ここには一片の心を上向きにさせてくれるものがない。楽しくないから行かない、なんてことは言い出さないが、常々感じていることだ。

紀月にぽつりともらしたときは、友人の有無でそう感じることもあるんじゃないか、と言われて眉を顰めた。

「友達、いて嫌なこともあるけどさ。楽しいよ、きっと」

「楽しくないよ。気が合わない人といても、疲れちゃう」

「それは友達じゃないな、ひとらーが言ってるそれは、ただのクラスメイトだろ」

「……うるさい人は嫌。クラス、けっこううるさい」

「ははっ、ひとらーは繊細なんだな」

笑ったあとに、はっとしてこちらを見る。

「俺もうるさい？」

「………………………いや別に」

「間！」

素直に、紀月はいいのだと言えないだけだ。頬をぽり、と掻いて誤魔化す。

「友達、できるといいな」

そう締めて、頭を撫でられる。まったくいつまでも子供扱いをして、その言葉なんて、小学生にあがる子に言うみたいなことじゃないか。

「私、もう高校生なんだけど」

「うん、でも、遅いなんてことはないから」

「友達ね……」

いらない、と言い続けても、いつか出来てしまうんだろうか。紀月が言うと、いつかひょっこりあなたの友達です、なんて言い出す人間が現れそうな気がする。

一片には紀月がいて、幸希がいて、父親もいる。

それで友達なんていたら、きっと容量をオーバーしてしまう。気を回しきれない。疲れてしまう。疲れると、頭が回らない。回らなくなってしまいそうだ、すべて。


男の人だけど、怖いという印象はあまりなかったように感じる。人嫌いな傾向がある一片にとって性別は関係ないように思えるが、やはり同性である女性よりも男性のほうが未知で、よく知りもしないくせに恐怖心を抱く対象として見ていた節がある。

何を考えているかわからないのは男女共通だ。だが生態は、父、兄と男家族に囲まれていながらも知らないことばかり。知識としてあるのは、読んだ小説などで培ったものばかり。

それこそ生身をよく知らない。

背が高いことも。

どれだけ手が大きいことも。

熱が、こんなに自分に浸透してくることも。

小説だけじゃ得られない感情を教えてくれるのも、生身の人間だった。

どうしてだろう。

紀月を好きなときと何が違う?

どうしてこんなにも。

生々しい感覚。

熱も感情も、可視化できないものがいっぱいで。

不思議になる。無謀にもそれを解き明かそうとするから、わからなくなっているのに。

あれこれ悩んでいたって、物事はきっともっと単純でシンプルだというのは、幸希からの受け売りだ。

「俺もいろいろ考えちゃうけどさ。結局は、そんなに入り組んだりしてないんだよな」

放課後、今日はまた違ったカフェで向かい合いながら、そんな話をする。肘掛けに肘を置いて、指の腹同士を擦り合わせながら、自身の経験則だろうか、淡々と話す。

ところで。

「先輩っていくつなんですか？」

「え？　二十五。今年で二十六だけど」

一片はいつの間にか誕生日を迎え、十八歳になっていた。

「七歳差……」

「え、今さら？」

「スーツ着たサラリーマンの年なんて、見ただけじゃわかりませんから。年上としか思ってなかったです」

「アバウトだな」

「そういうの気にしないので」

「助かるなぁ」

「先輩は気にするんですか」

「気にしないけど、世間様の目は厳しいよね」

「……あー、だから犯罪者」

「お願いだからやめて？」

「ふっ……く」

ツボに入り、笑いが自分では抑えられなくなってしまった。可笑しいな、と思っても笑い声をあまり立てない一片にとって、珍しいことだった。

それは幸希にとっても珍しいことに違いはなく、口をぱかっと開けたまま、笑っている一片をまじまじと見つめた。

「…………」

一通り笑い、ふーっと息を吐く。幸希が黙ってこちらを見ているのを不審に思い、首を傾げた。

「どうしたんですか」

「いや…………俺ってまじ犯罪者だなぁって」

「はぁ？　自分でやめてって言ったくせに」

また笑いがぶり返してくる。困った。この話題は、一片にとって笑いのツボを強く刺激してくる。

くすくすと笑い続けていると、幸希がおもむろにスマートフォンを手に取った。

「……写真とってもいい？」

「い、嫌に決まってます！」

笑いが引っ込み、全力で拒否した。

「どうしてもだめ？」

「だ、だめっ……」

幸希がだらしなくテーブルの上に突っ伏した。

「わかってるんだよー、食い下がるのも気持ち悪いって」

「自覚あるのが唯一の救いですね」

「だって一片ちゃんが笑ってるんだよ……とりたい」

「わ、笑ってますよ、私は別にいつだって」

いや、きっと笑ってない。ほとんど仏頂面をしているに違いない。それでもこうでも言わないと、切り抜けられない気がした。

「じゃあ交換しない？」

「は」

「お互いの写真持ってないよね。欲しくない、俺の写真」

「う……」

「欲しいよね、俺も一片ちゃんの写真欲しいもん」

「もんってなんですか、もんって。二十五にもなって」

「わかってる、一片ちゃんが言うほうが絶対にかわいい」

「あのですね！」

かーってする！　かーってする！

だって……だって、写真？

自分が被写体になることなんて考えたことがない。紀月は毎日のように顔を見ていたから特別写真というものに固執したことはないけど、今だったら幸希の写真が欲しくないわけなかった。

欲しい。

でもこんなに唸っている幸希だって、隠し撮りとかそういった卑怯な真似はしないでいてくれるのだ。ちゃんと許可をもらおうとしている。

自分はもらうけど、相手にはあーげない。などというのは、とても身勝手といえる。いくら温厚な幸希でも怒るかもしれないし、愛想を尽かされてもおかしくない行動は慎みたい。

幸希は、他人なのだ。

向こうがこちらのことを拒めば、もう会えなくなってしまう。紀月とは兄妹だから、どうしても縁は切れない。そういった安心感は、幸希との間にはないのだ。気をつけなきゃいけない。……身内ではない、ということは、切れたときがとてつもなく寂しいものだと、感じた。

一片が泣きそうな顔でもしていたのだろう、ぎょっとして、それから冷静になったように頭を下げてきた。

「……ごめん、無理言った」

「ち、違うんです……」

「……ダメだな、やっぱり俺まだ。ぜんぜん君のこと気遣えない」

「違うってば」

「でも」

幸希は、気遣って否定していると思っているらしい。

強くは言わないけど、そんなに気を遣わないでくれという思いは伝わってくる。正直に言わない限り、一片は気遣って否定し続けるんだと思われてしまう。そんな不毛なこと、意味がない。一片の意地のためだけに、こじれてしまうなんて、勿体ない。

「……先輩」

「うん」

「先輩と私は、血もつながっていない他人で、たぶんちょっとしたことでこじれたら、もう終わりなんだよ。紀月とかお父さんとかと違う、縁が切れちゃう。私はそれが嫌なんだよ。先輩と、縁切りたくないんだよ」

大人しく聞いていた幸希は慌て始めた。

「ちょ、待って。縁切り、って、そこまで嫌だった？」

カップを退かすと、前にのめり込んできて距離が近くなる。

「嫌じゃない……先輩のこと。だから、縁切りたくないって言ってるのに……」

「んん?」

もうこれ以上は、どう伝えたらいいかわからない。

幸希は必死に、一片からの謎を解き明かそうとしている。謎じゃないのに、単刀直入に言っているのに。どうして伝わらないのか。

難しく考えなくても、物事はそこまで入り組んでいないはずではなかったのか。

「俺も、縁は、切りたくない」

「うう」

「君も切りたくないんだから、切らなくてもいいんじゃないのか?」

「でもっ、先輩が私を嫌になったら、切れちゃう、から」

「んー? 俺、君のこと嫌になってないけど?」

「いつかっ……今じゃなくても、いつか……」

もう感情がしっちゃかめっちゃかだった。

どうしていいかわからず、ただただ自分の言いたいことを主張するしかできない。

「だから、つまり! 嫌われたくないんだってば! 今はよくても、いつかでも嫌われたくないの!」

語気を強くすると、周りにいた数名の客の注目が集まった。

あ、とその視線に怯えると、幸希が席を立った。

一片の腕をぐいっと摑んで立たせると、鞄も手にする。

「行こ」

「え……」

引っ張られてその店から出ると、それでも幸希の足は止まらなかった。ずんずんと歩いて、いったいどこまで行くというのか。困惑したまま、幸希に引っ張られるまま進んでいく。

「どこ、行くんですか」

「俺んち」

とあるマンションにたどり着くと、ロックを解除してエントランスへと入っていく。エレベーターのボタンを押して、一階に駐在していた扉が開く。七階まで上がっていき、幸希が部屋の鍵を開けているのを、呆然としながら見ていた。

家に入るなり、抱きしめられた。

「ごめんね勝手に触って！　でも、一片ちゃんわかってないから！」

「な、なにがぁ……、」

「いつか嫌になるとか、そういう不安を与えたのなら俺が悪い。でも、君って口で言ってもわからないとこあるよね。だからわからせてあげる」

「え、え、何がぁぁ……」

情けない声しか出ない。もう半分泣きべそをかいている。流れそうで流れない涙が瞳に踏みとどまって、結晶を作っていた。

肩を掴まれ、引き剝がされると、その振動で涙がぽろぽろこぼれていった。幸希の青いスーツの袖の辺りに跳ねて、染みを作る。

「存分に気持ち悪がっていいから！」

くるりと反転させられ、部屋の中が視界いっぱいに広がった。

何が、ともう何がしか出てこない。

幸希が何を言っているのか、わからない。

そこには、男性の一人暮らしであろう部屋があった。

「……何がぁ」

やっぱりそれしか出てこない。

「もっと奥行って見ていいよ」

背中をやんわり押されて、前進する。他人の家だとか、入ってしまった、とか。冷静であれば次々に発生してくるであろう思考が隅のほうへと追いやられ、それでも幸希の部屋だと自覚してかっとする。見てはいけないもののような気がする。

「わー、わー」

「こら、ダメ」

手で作った即席の目隠しを取られてしまう。それでも目をつぶれば、と思ったが部屋中電気が点けられ明るくなったそこで、あられもないものも目に入ってきて、どうしても好奇心に負けてしまう。

「せ、先輩の部屋ぁ」

「そう。俺の部屋」

「何ですかこの幸せ空間はぁ。住みたい」

「君、まだまともに見てないだろう」

「だってもう、この時点で先輩の匂いでいっぱいで、」

「っ！」

「住みたいっ……」

「……情緒不安定か、君」

呆れたようなため息を、後頭部で受ける。

ぐりん、と後ろを向いて「呆れたぁ」とまた泣き出しそうになるけど、幸希は笑っていた。

「そんなに嬉しいことばっか言うなよ」

「……っ」

「口で言ってもわかんないとこあるって言ったけど、そもそも俺が口にしてなかったな……」

「何がぁ」

　継続中である。でも幸希は気にしない。

「俺が、君のこと嫌になるとかないから」

「……えぅ」

「納得できない？」

「……先輩とは、血がつながってなくて」

「うん、血つながってないよ。でも、想ってもいいでしょ？」

「…………」

「他人でも、想えるでしょ？　身内しか想っちゃダメなの？」

　幸希の瞳も声も、あまりに真剣で、息が止まりそうになる。ダメなの、と問われて首を振る。首を振らなきゃ、一片だって幸希を想ってはダメなことになってしまう。

「だめじゃないけど、身内よりも、脆いじゃん、つながりが……」

「んなこと誰が決めた？　一片ちゃん？」

「決めたとかわかんない、けど、離れちゃったら……先輩が離れちゃったら……」

　ぎゅっと一回抱きしめてから、距離を空けて顔を覗き込む。

「好きだって言ってるんだよ」

「……………」

「一片ちゃんが好きだって、言ってる。聞こえてる?」

「きこえ、て」

「もう、めっちゃ我慢してるんだからね……っ」

ぎゅうっと、隙間なく抱きしめられる。

「俺、まだ片想いしてるみたい。一片ちゃんは、俺のことどう思ってるか知らないし」

なんてことを言うのだと、目を剝く。

背中に回した腕に、ありったけの力を込めてやる。

「……うそつき! 知ってるくせに」

「知らないなぁ、君は何も言わないから」

「意地悪! 知ってるくせに!」

「くく」

「ほら、笑ってる! 意地わ……」

途中で口を塞がれる。幸希の口で。

ぴったりと重なり合った唇同士は、お互いが待ち望んでいたように離れようとしない。それでも呼吸が苦しく、一旦離れて息を吸ってはまた吸い寄せられていく。

「はぁっ……」

「あー、俺の我慢が……」

しばらくして、肩で息をする一片の頭を撫でる。力が抜けてしまった身体が、幸希の胸にもたれかかった。

「……さて。もう遅いから、送るよ」

「えっ！」

「あ、大丈夫？　腰抜けてない？」

「……」

「親御さんに怒られるかな……」

ぶつぶつ言って、一片のリュックを拾い上げる。

「行こ。親御さんにもう会うなって言われたら、それこそ会えなくなっちゃうし」

「えっ……」

ショックを受けている一片に、幸希はくすっと笑って指先で部屋の鍵を弄んだ。

「そしたら攫っちゃうけどね」

耳元で囁かれ、真っ赤な顔で震えている一片の手を引いた。

「赦されてるほうが平和でいいでしょう」

「……さっきの、」

「うん？」

「気持ち悪がっていい、って」

「あー、それね。いや、ただ一片ちゃんのコーナーがあるよってだけで」

「私のコーナー」

なんだその初めて聞くワード。

自分のコーナーが見たいわけではないけれど、ひいては幸希の気持ちの象徴ということで、それは是非とも見てみたい。

「なんですか、私にまつわる何があるんですか」

「ちょい、ちょい、今日はもうダメー」

ずいずい部屋の中へ進んでいこうとする一片を、幸希が止める。腕を振り払おうとしても幸希は放してくれず、手をつないだままぶらーんと前後に揺れるだけだった。

「……見せてくれるんですよね」

「今日はだぁめ。もう遅いから。さっき見なよって言ったとき見なかったじゃん」

「だって、そんないきなりじろじろ見られません」

「そうだね。とにかく今日は帰ろうね」

「ああっ……」

どんどん部屋から遠ざかっていく。見たかった。

「また今度おいで」

明るいときにでも、と言って幸希は一階に駐在しているエレベーターを呼んだ。

外はもう暗くなっていた。今日は平日で、放課後に会っていろいろあって、こんな時間になってしまった。父はまだ帰っていないかもしれないが、きっと紀月は家にいる。当然のように送ろうとしてくれる幸希に甘えてマンションの下まで帰ってきたが、上まで来ようとするのに驚いた。

「紀月しかいないから、いいですよ」

「いや、でも怒られない？　こんな時間まで外いてさ」

「怒りませんよ」

と、言いつつ、心配はしてくれているだろうな、と思う。スマートフォンには、何件か帰りが遅い妹がちゃんと無事かどうか確認するメッセージが届いていた。それに、これから帰る、と返信はしたものの、実際に顔を合わせたら今までどこにいたんだ、と詰問くらいはされるかもしれない。

「昭島も、ちゃんと送ってこられたって知ったほうが安心すると思うし」

それは、一理あると思う。でも、そうしたら幸希にまで迷惑がかかる気がする。

唸っていると、幸希がロビーに入ってインターフォンを押そうとしていた。

「わ、私、鍵持ってるんで上がれます！」

「そっか」

幸希の腕をぐいぐい引っ張り、またもエレベーターにて上がっていく。いろいろ考えている間にも目的階に到達し、幸希とともに降りると、廊下をぺたぺたと歩く。

「なんかすみません……」

「なんで君が謝るの？　俺が連れまわしちゃったのに」

なんで、って言われても。好きで一緒に居たのに、もっと言えば一片はまだ帰ろうとしていなかった。それを宥めてくれたのは幸希なのに。やっぱり謝るべきはこちらのような気がした。

幸希がインターフォンを押そうとするのを制止して、一片は扉を開いた。

玄関に全身を入れてから、紀月の名前をそっと呼ぶ。一番奥のリビングの扉が開き、紀月が顔を出したかと思うと駆け寄ってきた。

「おかえり！　遅かったな」

その表情は、怒っているというより安堵しているようだった。少しほっとしている一片の肩越しに、幸希がひょっこりと顔を出す。

「こんばんは。久しぶり、昭島。妹連れまわしちゃってごめんな」

「幸希先輩!?」

「私は連れまわされてない。先輩は悪くないから」

「…………いや、ああ、うん」

紀月は二人の顔を交互に見ながら、何とも要領を得ない声をこぼす。

「いきなりごめんな。一片ちゃん送ってきただけで、もう帰るから」

「えっ」

兄妹の声が重なったのをおかしそうにしながら、また腕で口元を隠す。

「ちゃんとした挨拶はまた改めてするから。じゃ、おやすみ」

やけに楽しそうに、幸希はひらりと手を振って扉の外に出て行ってしまった。

一片はお礼を言い忘れたことを思い出しながらも紀月のほうに目をやる。てっきり紀月もこちらを見ていると思いきや、幸希が去った扉のほうをじっと凝視していた。

その瞳に真意を見出そうとしていると、いきなりぶつかるようにして扉を開け、外に出て行ってしまった。

「先輩！」

え、と驚いた一片は動けないまま、何が起きたのかわからず、その場に立ち尽くした。

幸希を追っていった。それだけが確実にわかることで、一片は自分がどうすべきかをとっさに判断しかねる。いや、介入しないのが正しいか。二人とも知り合いで、だから一片がそこに入って行くのはおかしな話である。気持ちは、どういう話をしているのか気になってしまうが、ここで追っていくのは野暮というか、二人で話すこともあるだろうし。

でもどちらも大切な人であるのに変わりはなく、ここで介入を諦めても後々気になってしまうんじゃないか。悩んだ末、ノブに手をかけたところで、紀月が帰ってきた。

「わあ！」

「うお、どした、まだ中入ってなかったんか」

「せ、せ、先輩帰った？」

「うん、帰ったよ」

「そ、そっか」

「ほら、中入って。手、洗いな」

聞いてはいけないことだろうか。でも紀月が何も言わないのに、気軽に何を話していたのかなんて聞けない。聞きにくい。……どうしてそう思う？　後ろめたいことなんて、一片にも紀月にも幸希にもないのに。何が、一片を躊躇させているのだ。

ぼーっとしたまま風呂に入り、だんだん落ち着いてくると、今日の出来事が脳内に鮮明に広がった。シャンプーをしているときは何故か無心だったが、湯船に浸かっていると唐突に思い出して「はぁあ」という声が風呂場に響いた。

幸希の体温が熱くて、それが身体に刻まれている。大きな身体に、長い腕に、広い胸に、包まれた感じが信じられないほど胸を締め付ける。多幸感。身体の中、胸の奥がこの湯のような液体でいっぱいになり、心が溺れている。あっちへ流されたり、こっちへ流されたりと落ち着かないのに、幸せだと思う。こんな感覚ははじめてだった。

まだまだ未知のことはたくさんある、なんて口では簡単に言えても、実感できるときはほんの少しな気がする。頭でわかっていても、気持ちが理解していないというか。

この先、生きていってあとどのくらい、そういう実感をできるのか。たぶん、家にこもっていれば確実に実感に出会える確率は減るのだろうな。以前はそんなことを考えても、自分には必要のないものだと切り捨てていた。そうかもね、地球は大きいよね、世界は広いよね、でも回ってみたいとかそういった興味は一切なく、関係がなかった。この家の中ですべてが完結していて、外の世界なんて知らなかったし、知らなくていいと思っていた。

でも、紀月の大学に行こうと動いたから、幸希とも出逢えたわけで、行動しないと何も広がっていなかった。広がらなくてもよかったはずなのに、今はこうして幸せを噛みしめている。あのときの自分が動こうと思って動いたから。

だからこうして今、生きていてよかった、なんて思えている。

紀月を想っていたとき、幸せだったけど苦しかった。甘かったけどしんどかった。

幸希を想っている今は、甘いばかりで。

苦しいのは、恋情が胸を締め付けるから。苦しい、死んでしまう、そう思いながらも正直な身体は軽くなり、表情はやわらぐ。生きていることを前向きに捉えられる。失恋のときは、毒でも飲んで死んでしまいたかったのに。現金なやつだと誰に呆れられても文句は言えない。

「浮かれて、恥ずかしい……」

顔が確実ににやけて、人前に出られない。

でも幸希が会おう、と言ってきたら服を選んで喜んであの扉を開け放つのだろう。

苦しいのなら、もうこの世にいたくない。

そんな考え方を、していた人間だった。

父親も、紀月も、一片がいなくなったら悲しむ。家族だから。でも、その二人のことを考えられる余裕までなかった。自分自身が苦しいのは人にはどうにもできない。どうにかできるのは自分だけで、その手段として命を絶つことがあった。

紀月が泣くのは、見たくないなぁ。

でもいなくなったら、もう見たくても見られないのか。自分はこの世から一切切り離されるのだから。世界は動いていく。人が一人いなくなったって。悲しくても、それが真実だ。

そんな考えの持ち主は、きっと耐えきれない苦しみの中で、自らの命を殺めてしまうのだろう。

「……我ながら物騒」

笑うところではないのに、ふと口元が緩むのは、今自分が幸せだから。世の中に、今、苦しんでいる人はたくさんいるだろうに、自分だけこんなに浮かれて、いいんだろうか。

熱い湯が、身体をあたためてくれる。

……やめよう、こんなことを考えるのは、きりがない。

生まれてきたんだから、幸せになれるものならなっておけばいい。

そう、自己完結させることにした。

でないと、また悶々と考えて、疲れてしまう。

「おぅ、ただいま」

廊下に出ると、父がちょうど帰ってきた。おかえりなさい、そうきちんと言えれば一番だが、思春期の一片はうん、と返すので精一杯だ。まだ、気恥ずかしさが勝つ。

「今風呂上がったのか」

「ん」

「長風呂したんじゃないか、顔赤いぞ」

「ん」

「……はよ寝なさい」

視線を逸らしてどこかぼんやりしている一片との会話を諦めたのか、父はそう言って玄関にあがった。扉を閉め切っていた脱衣所は暑かった。

涼もうと思ってベランダへ出ると、先客がいた。

「……紀月」

「おう、どうした、ひとらー」

「のぼせた」

「そっか、でも湯冷めするといかんから、なんか羽織ってこい」

「えー、めんどくさい」

言いながらサンダルに足を通し、紀月の横に並ぶ。

「めんどくさがりだなぁ」

と笑って、自分が着ていたカーディガンを肩にかけてくる。

「いいよ、紀月が着てなよ」

「お前が湯冷めするほうが困るだろ」

「…………」

ほんと、優しい。

今の今まで紀月が着ていたカーディガンは、意識しなくても紀月の匂いがして、包まれている気分になる。以前の一片だったら、これはもう事件であったに違いない。

「おま、ばか、まだ髪濡れてる」

「ばかぁ？」

「風邪引くだろ、待ってろ」

　引き返していく紀月を黙って見送り、欠伸をひとつしたところで戻ってきた紀月に、タオルを頭から被せられる。

「うぁ、」

「ドライヤーかけたのか？」

「かけたよ」

　一応、と言外に付け加える。わしわしとタオルで水気を吸い取られていく。緩く、やわく拭いてくるものだから、焦れったくなった。

「もっとがしがし拭いていいよ」

「はいはい」

　自分で拭け、と言わないのが本当に紀月の甘やかしで、自分でやると言いたくない一片はされるがままで、挙げ句の果てには注文まで入れる。

　とんでもない妹だと思わないのかな、思わないのかもね。

　かわいい妹だもんね、と優しさの上にあぐらをかくような思考をしても、調子に乗って反省もしない。家族だから、全力で甘えられる。限度はあるだろうが、よそはよそ、うちはうちだからと言い訳をした。

「……何してたの」

ぽつりと聞いたことに、紀月はちらりとこちらを見てから夜空に視線を戻し「んー」とはぐらかすように言葉を濁した。言いたくないなら、聞かないけど、という気持ちを形にすることなく口の中でころころと転がして。

言葉という明確なものを避ける。

「凪に、当たってただけだよ」

「……ふぅん」

それだけではないだろう、絶対。

でも、聞けない。

どうして踏み込めないのか、薄々気付いている。

気付いているのに、心の中だけに秘めておくのは自分にとって都合がいいから。

ずるい。

ずるいやつだ、私は。

でも、だって、本当にそうかもわからないのに。

そうやって自分を正当化し続けて、逃げて、逃げて逃げ回る。腹の底に隠されるのを嫌い、本当のことを知りたかったはずだ。それなのに今は、その自分の勘が当たっていることしか考えられず、もはや勘という次元ではなく、確信に近いものとなっていく。どんどん、時間が経てば経つほど。紀月の横顔を見れば見るほど。

間違っている可能性だって、まだある。直接本人がそう口にしたわけではない。でも、でも紀月の瞳は真実を語っていて、もうどうしたって一片が考えている通りなのだ。

口にするべきなのだろうか。

紀月が言わないことを、言わせようとすることは正しいのか？

そうやって、自分を善人面させることで、一片にとっても都合のいいことにする。

「……もう戻るか」

目を伏せたかと思えば、紀月はおもむろにそう言って中のほうに身体を向ける。一片に向けられた背中は、何も言わない。じゃあ、どうしたらいいのか。

わからない。

自分は悪人ではないかと思う。知っていることを明らかにしない。していいのかもわからない。でも、知っていながらこのまま過ごすのは、心苦しいのだって確かだ。

「先輩は秘密を抱えていたりしますか」

幸希はいつだって唐突に一片から質問を受け、片手にコーヒーを持っている。まるでお約束の形のように。

幸希は隠し事を持っているだろうか。

少し前に見せてもらった一片にまつわるものが集められたコーナーは、一片個人としては気持ち悪がるほどのものではなかった。ただ、一緒に行ったカフェのレシートは溜まっていく一方だと思われるので、そろそろ捨ててもいいと思う。気持ちはわかるが、かさばるのではないか。一片は父みたくかさばるものは取っておかない。もちろん何の思いもなしに捨てるわけではなく、勿体ないなという気持ちはあるけれど。

「……人間、一つや二つあるんじゃない」

ごくん、とコーヒーを嚥下し、絞り出すような声で言う。

「誰にも言えないこと、」

「……うん」

「明かしたくてもやもやしたりしますか」

「いや。なるべく明かしたくないな」

「墓まで持ってく感じ、」

「まあ、そうなるね。……あっ、何？　俺なんか疑われてる？」

「違いますね。ぜんぜん、そういうんじゃないです」

「そう、ならいいけど。……えっと、君はあるの？　って聞いていい流れかな？」

ぎくりとする。社交辞令で聞き返されることも考えられたのに、ぼけっとして思ったことを口から出していた。

「あ、う」

「えぇっと、俺は無理に聞こうとしないから、安心して。まあ、言ってくれれば嬉しいけど」

「…………」

「なんでもかんでも話すのが、いいこととは思ってないから、俺は。胸に抱えてるもの、あってもいいって。でも、その断片、っていうの？　君が抱えてるものの、さわりの部分というか。そういうのを話してくれるだけでも、嬉しい」

一片は黙ってしまう。他人と関わり合うのをこれまで嫌がってきて、それなのにこんなに親密になりたいと思う人と出会ってしまっても、上手くできない。ツケが回ってきたのだ。

黙っているのが正解か、そうでないかもわからない。

確かに幸希の言う通り、なんでもかんでも話すのがいい関係とは思わない。きっと言わなくてもいいことだって、ある。

では、この事実はどうすればいい。

仮に話すとしても、相手は幸希じゃない。


ずっと迷っている。

黙っていればいい、そちらのほうが都合がいいんだから。

聞いてしまえばいい、楽になれるんだから。

ぐっと拳を握っても、目を閉じても、思考が巡って気が休まらない。

どうすることが正解なのか、はたまた正解などないのか。……だったら、自身が選んだものを、正解にするしかないのか。

自分はどうしたい。


「紀月」

「うん？　どした」

夕食後のリビングで勉強している紀月に声をかけると、いつものように微笑んで顔を上げた。

「部屋でしないの？」

「ん、課題？　一人でやってるとサボっちゃうからさー。人の目で監視してもらってんの」

と、笑う。

「テレビうるさくない？」

「ん、大丈夫。しんとしてるより集中できる」

「もう消すけど、音楽でもかける？」

「んー、ひとらーがもう部屋行くなら、かけてもらおっかな」

「………」

テレビを消して、ソファにちょこんと浅く腰掛ける。音楽を流さなかったことにより、一片がまだここに留まると理解したであろう紀月は、またペンを握り直し、ノートに目を落とした。

「……課題って急ぎ？」

しばらく無言の後、うん、と小さな頷きが聞こえた。

なら、この場で話すのはまずいだろうか。大学生の急ぎの課題がどれほどのものかわからず、悩む。でも、あの少しの間が怪しい。本当は、急ぎではないかもしれない。

「話しかけたらだめ？」

「ん……」

優しい紀月は、はっきりと一片を拒絶できず、かといって真正面から話すのは嫌がっているように見えた。

紀月も、一片が話そうとしている内容をきっと察している。だから、避けていると考えてもいいかもしれない。こちらはせっかく覚悟を決めてきたのに、紀月はまだ話したくない。

いや、一生話す気なんてないのかもしれない。覚悟を決めるタイミングは、違って当たり前。でも相手が一生話すつもりがないんだったら、待っていたっていつまでも話すことなんてできない。

紀月はいつだって気遣ってくれる。一片が話したくないなら、聞きたくないのなら、それを尊重してくれる。だったら一片も、同じように尊重しなくてはならないのではないだろうか。

「…………違う」

違う、紀月となんでも同じようになんてしなくていいはずだ。もちろん相手のことを考えるのは大事だ。だからこそ、このまま紀月だけが抱えたままによって、紀月だけが傷つく未来があるのなら、ここで明らかにして、共有したい。一人だけに背負わせたくない。

「前に、先輩がうち来たとき、って、何話したの」

「……別に、ふつうだよ。妹送ってくれたお礼と、これからもよろしくってこと」

「……」

「もう寝たら……？」

　ちょっとだけ、頑張って突き放したようだった。生来優しいから、冷たくするのは自分自身のこともつらくしているだろうなと思う。そうさせているのは、一片が踏み込んだことを聞くからに他ならない。

　ここで躊躇したら、ふりだしに戻るだけだ。

「紀月が言わないなら、私も黙っているべきかもしれないけど」

　紀月は黙ったままで、何も言わない。諦めたのか、聞こえていないフリをしているのか。どうしよう、遠回しな言い方なんてできない。どうしても直球になってしまいそうで、どうしたら紀月を傷つけずに言えるだろう。

「紀月が前に言ってた、好きな人って」

「ひとらー」

「幸希先輩だよね」

　断定的な言い方に不満を覚えたんだろうか。とっさに、紀月は「違う」と絞り出すような声で言った。

「違う。違うよ、ひとらー。なんでそんなふうに思うんだよ？」

「…………」

紀月だって、一片に悟られたことを知っていただろう。でも違うと言う。否定するのは、一片のためだとしか思えない。

「私が、先輩と一緒にいるから、我慢してるの」

決まりきったことを言う。丁寧に、紀月の心と向き合いたい、追いつめたいわけじゃない。でも紀月にとって、言われたくなかったことなのだろう。言葉少なに、紀月は黙ったり否定したりを繰り返す。

「……紀月の気持ちを踏みにじってまで、先輩といたって意味ない」

「っ意味ないってなんだよ、お前にとって先輩って、その程度なの」

「そ、の程度って」

「俺は、言わない。何も言うつもりなかった。気付かれたんなら、俺が悪い。ごめん」

「……っ、なんで謝るの。違うでしょ」

「本当に言うつもりなんてないんだ。もう、これ以上はいいだろ」

普段よりも少々乱暴な語気に怯んでいる場合ではない。ぐっと足の裏に力を入れて、床を踏みしめる。

「先輩と会ったのは、紀月が先じゃん。なんで遠慮して何も言わないの?」

「妹の邪魔なんて死んでもしたくない」

「別に私と先輩を引き離せって言ってるんじゃない、紀月が私に遠慮してるのがだめなんだよ。……兄貴だからって、妹に譲ってるつもりなの」

　ああ違う、だめだ、感情的になっては。頭の片隅の冷静な部分が言う。首の後ろがぞわぞわするけど、紀月に自分の気持ちを押し殺されることがこんなに悔しいとは思わなかった。

「言わないって、言ってるだろ。お前にも、もちろん先輩にも。俺は何もしない」

「だって、紀月の気持ちはどこにいくの」

「……先輩は、お前が好きなんだから、しょうがないだろ。今さら何かをしたら罪だよ。先輩のことも、困らせて終わりになる。もう、笑いかけてくれなくなる。ひとら―といるためには、先輩は俺とも関係は良好でいなきゃいけないいんだから」

「…………」

　どこまで考えて、いたんだろう。そこまでのことを、一片は想像もしていなかった。目の前の幸希と、紀月と、流れゆく日常しか見ていなかった。将来なんてあるようでないと感じていた一片にとって、どれだけ自分は浅慮なんだろうと愕然とする。

　嫌だ。

　紀月が紀月自身を蔑ろにするのは、なんて悲しくて切ないのか。

　そんなの、紀月の気持ちが可哀想だ。紀月の中で生まれた気持ちが、誰にも何にも伝わることなく、長い時間をかけることによって消化されようとしているのだ。

それでもいい、それがいいと思っている紀月は、馬鹿だ。

ふう、と紀月がため息ともつかない息を吐き、コップに入っていたお茶をごくりと飲んだ。からん、と溶けかけの氷が鳴る。

「……ひとらー、気にさせて、悪かった。でも、もうそれに関しては忘れてくれ。すぐには、難しいだろうけど。ひとらーはひとらーの幸せだけを、見てればいいんだよ」

一片の瞳をじっと見つめ返して、しっかりと刻み込むように言う。鼻の奥がつんとする。泣きそうになる。でも、それも違う。全部違う、そうじゃない。なんで、どうして。どうしても、違う。

紀月は、どうしても紀月を大切にできないの。

「……寝よっか」

言いたいことが封じ込まれてしまったように何も言えなくて、一片は頷くこともできなければそれ以上紀月に伝えるべき言葉も手放してしまった。


ぺき、とシャープペンの芯が折れた。授業中のことだ。教師は壇上で、教科書を手に解説をしている。黒板にさらさらとテスト範囲が書かれていくのを、少しだけ焦る気持ちで見ながらシャープペンの頭をノックする。かちかち、とノック音が教室の中に静けさにいやに響く気がする。

　ちらりと隣の男子がこちらを見たのを視界の端で感じた。そんなにうるさいだろうか。

「芯、ないの？」

　とても小さな声で問われ、思いきり隣に顔を向けてしまう。試験中でもないのでカンニングを疑われることはないが、自分にしては授業中に大胆な動きをしてしまった。

　意味があるのか、左手を口の横に添えもう一回小さく、ないの？　と聞かれる。しばらく呆然としていると「昭島さん？」と再び小声で呼びかけられる。それではっと我に返ると、ふるり、と首を横に振った。まだこちらを見ている男子に向かって、二、三回首をふるふると振ってみせる。そう、と言ったのだろうか。聞こえないほどの小さな声で安心したような表情を見せると、その男子は黒板に顔を戻した。

　驚いた。授業中、しかも男子に声をかけられるとは。

　隣の席とはいえいつもお互い無関心だったはずなのに、急にどんな心境の変化だろう。しかもこちらは向こうの名前を知らないのに、向こうはこちらの名前を知っていたのも驚きだ。それほどまで、ノック音が気に障ったのか。干渉しないクラスメイトに話しかけてしまうほどに。

　ノートに目を落とす。板書しかけで、下半分は元からある罫線だけで、まっさらだ。

腕をだらんとさせ、座面の横でかちかちとノックする。右隣は壁で、少しは迷惑を軽減できるはずだ。かち、かち。ノック音が、どこか抜けた感覚。芯がなくなったのだ。本当に芯がなくなった、とペンケースを漁る。

芯の容器は見つかったが、肝心な中身は切れていた。よくあることだろうか、一片はまだ経験がなかった。いつもは準備が疎かになることなんて滅多になかったのに、珍しい。思いつつペンケースをさらに漁り、他のペンを探す。ペンケースにシャープペン一本、消しゴム一個などというそんな寂しい装備をしているはずもなく、他のペンもあったが、振ってみると予備の芯が入っていない。ノックして出てきた一本だけの芯でその授業は凌げるだろうが、次からの授業ではどうしよう。他のはボールペンと蛍光ペンだった。ノートに書けないこともないが、一片は参ってしまった。そこまでして板書したほうがいいんだろうか。

「昭島さん、もしかして芯切れたんじゃないの？」

「え」

先ほどの男子が、休憩時間にそう聞いてきた。前の席のみかねが素早く振り返った。

「え、ひとちゃん、シャー芯ないの？　あげよっか？」

「いや、僕余分に持ってるから、これよかったら使って」

と、芯がぎっしり入った小さな容器を差し出される。

「中村ってひとちゃん狙ってたんだー。困ってるとこ助けてポイントアップってとこか」

「や、やめろよ折崎っ」

「…………………」

そうなの？　という目で中村という男子を凝視してしまう。すると、照れたように顔を赤くして、手でガードしてくる。

「な、なに、昭島さん。あ、折崎の言ってることは気にしないで。これ、使って。ね」

一片の机に芯が入った容器を置くと、中村男子はぴゃっと教室の外に逃げ出してしまった。

「よ、ひとちゃん男泣かせ～」

「はぁ？　……何が」

「悲しいかな、中村。ひとちゃんには彼氏がいるというのに」

「……彼氏、」

「それにしても、男子と話して嫌な顔してないひとちゃんも珍しい。男子に慣れたの？　ほら、ひとちゃんって好意寄せてくる男子とか嫌いそうだし」

「………」

好意を寄せられる。好かれる。そんなの縁遠いと思っていたときもあったのに、言われてみれば中村に嫌悪みたいなものを感じることもなかった。自分ごときを好きになるなんて、なんというか見る目がないというような、不思議な感じがあった。

幸希に直球に好意を伝えられるのは、嫌じゃなかった。むしろ嬉しいくらいで。

中村男子に対しては、嬉しいというか驚きが勝っているが、たぶん以前の一片だったらみかねの言う通りちょっとの嫌悪感はあったかもしれない。

ここ最近、幸希の会社は繁忙期らしくなかなか会えていない。紀月の気持ちをなかったことにしようとしているバチが当たっているのかもしれない。

放課後、コンビニで芯を買おうと店内をうろついているとき、スマートフォンが震えた気がした。どうせ何か広告の通知だろうと思いながらもリュックから取り出すと、現在所在地を確認してくる幸希からのメッセージだった。

「う、わわ」

いつも行くカフェの近くのコンビニで、す、とぽちぽち打っているといると着信がかかってきて肩をびくつかせた。

「も、しもし?」

『一片ちゃん、ごめん！　今どこ?』

「あ、いつものカフェの近くの、コンビニ」

『セブン?　ファミマ?』

「あ、セブンのほうです」

『了解！』

「え、あ」

切れた。切れた？　ただ現在所在地を確認したかっただけ？

……何故？

はて、と首を傾げていると、商品棚の向こうから幸希が現れた。

「いた！」

「先輩？」

「ごめん、やっと時間できて、めっちゃ急いだ」

「瞬間移動してきたんですか」

「や、カフェの近くまで来てたの。君がいるかなって」

「……」

「したらいないから、連絡しちゃった。家にいる可能性もあったな、そういや」

でもいっか、会えたから。と幸希が笑う。肩で息をしていて、額にうっすらと汗を浮かべて。走ってきて、くれたんだろうか。

走ってきてくれる。他でもない、自分に会うために。

今幸希が言ったみたいに、家にいる可能性だってあった。すれ違って、会えなかった可能性も。でもここまで、走ってきてくれたのだ。

芯を購入すると、カフェで腰を落ち着けた。

「はぁ、生き返る」

アイスコーヒーをごくごく飲んで、ネクタイを緩める。早いもので季節は、また初夏になっていた。走ったりすれば、涼しくても汗をかいてしまう。一片もブレザーをすでに脱いでいて、ワイシャツにベストを着ている。ワイシャツでも長袖だと、ちょっと動いただけで暑い。もうそんな時期になったのだ。

「えっと、お仕事お疲れさまです。忙しそうですね」

「ん、ありがと。忙しいけど、一片ちゃん見て癒された」

「そんなご冗談を」

「えっ！　なんで、冗談じゃないけど」

一片がふっと吹き出すと、からかわれたのだと気付いた幸希は参ったなと笑って頬を掻いた。

「すみません」

「いや、ぜんぜん。仲良くなれたもんだなぁと。感慨深いよね」

「でも、実際の疲労は取れていないから、ちゃんと身体を休ませてくださいね」

「はぁい」

仕事に熱心な幸希は、そう言われても一段落つくまでは気を抜きたくないのだろう。それはわかっているが、睡眠や食事はしっかりととって欲しい。自分が誰かの健康をここまで気にする日が来るなんて、昔は思ってもみなかった。目と目が合うと、幸希はにっこりと嬉しそうに笑う。一片も久々に会えた幸希に喜びを隠したくても隠し切れていないだろう。

「ねえ、元気？」

「私を気にしてる場合じゃないでしょう」

「いや、そんなことないよ。君が元気かどうかは大事なことでしょ」

「…………」

でしょって、そんな当たり前のように言われて、むず痒い。大切にされていると実感すると、落ち着かなくなる。どうしていいかわからず、無意味に目が泳いでしまい、頬は暑さの所為だけではない熱を帯びる。

「俺のモチベーションにもつながるしさぁ」

「脅さないでください」

「え。そんなつもりじゃ。ってか何、やっぱり元気ないんだ」

「……いや、」

「もしかして、前に話してた秘密の話？」

一片は黙っているが、疑問形にしていたところで幸希にはそれが原因だとバレているらしい。他に引っかかることもないだろうし、思えばあの話をしてから、自分は思い悩んでいるというか、どこか気落ちしていると察せられたんだろう。

「深刻なことなんだ?」

「いや、その……」

言い淀むと、一片が次に言葉を発するのを待っていたらしい幸希は、背もたれに深く座り直した。

「言いたくないのは無理に聞かないって言ったかもしれないけど、君がそれほど落ち込んでしまうことなら、すごく大事なことだと思う。話して楽になることなら聞きたい。俺に言ってもいいのなら」

「……先輩、には、言えない」

大人だって傷つく。そのことをわかっているつもりでも、どこかで幸希なら大丈夫だとでも思っていたんだろうか。寂しそうな表情を、このとき一片は見逃してしまった。

「私の話じゃない、人の気持ちだから……」

「友達?」

「違う」

「…………」

沈黙が落ちる。二人の状況に無関心で干渉しない店内だけは、各々の話に盛り上がり、店員は接客を頑張っている。そんな声たちが、二人の周りを囲んで、響いている。

「……俺に言えないって言われちゃ、もう踏み込めない。君が自分ではない人のことで思い悩んでいることはわかった。俺は八方塞がりだな」

「っわ、私…………」

唐突に、自分が抱えていることを誰にも言えない苦しさに首を絞められる。口に出せば少しは楽になるかもしれない。でも幸希には言えない。紀月の気持ちを勝手にバラしてしまうようなこと、絶対にできない。頭が回らなくて、口を開いたら言ってしまいそうで怖かった。

はっと気付く。テーブルに置いていた手に、幸希の手が重なった。

「一片ちゃん。他に言える人はいる？　俺には言えないって言うなら、本当に無理に聞き出したくないんだ。他に頼れる人がいるってわからなきゃ、今日は心配で帰せないよ」

手の甲が熱い。

……大丈夫。紀月の気持ちは守れる。

「心配おかけして、すみません。相談できる人はいます。だから、大丈夫です」

幸希にああは言ったものの、周りにいる人間なんて限られている。一番に浮かんだのは父親だ。けれど、紀月は父にも話していると言っていた。相手が幸希だということまで知っているのだろうか。それとも、ただ同性の先輩とだけ伝えているのだろうか。わからないから、難しい気がした。それに、身近過ぎて、身内のこと過ぎて、いくら父でも困ってしまうのではないか。一応、第三者からの視点にはなるが、どうなのだろう。ああだめだ、自分で判断できない。しなければいけないのに、できない。

だったら、もういっそ何も知らない人間ならどうだろう。

一片に干渉することなく、話を聞いてくれそうな人間。

「…………」

移動教室で教科書を抱えて歩いていると、ぼんやりしていたからだろう、すれ違いざまに他の生徒にぶつかってしまった。向こうもこちらもよそ見をしていたらしく、盛大に肩と肩がぶつかった。

「いッ」

その痛みに、ほぼ同時に声をもらし、お互い顔を見合わせた。例にもれず人通りの少ない廊下を選んで歩いていて、油断もしていた。我に返っても、他には誰もいなかった。

乃木硝は相手が一片だとわかると、何故か顔を歪めた。

「うわ」

うわって言われた。うわって言われた。失礼ではないだろうか。とっさのことで言い返すこともできずに、絶句する。痛む肩を一擦りすると、くるっとそのまま踵を返そうとした。現在はどうか知らないが、みかねが以前、彼に盗聴器をしかけていると言っていた。今も仕掛けられているとして、またみかねに突っかかられるのは避けたい。

「おい」

それなのに、声をかけてきたから驚いた。彼本人は、当然だろうが盗聴器が仕掛けられているなんて夢にも思っていないだろう。知っていたら付けっぱなしにしているはずがないからだ。喜んで束縛される人間なら別だろうが、そんなことは一片の知るところではない。

「な、何」

「……同じクラスに、折崎みかねって女いるだろ。あんまり認めたくねえけど、あいつ幼なじみなんだ」

驚いた。そういう事実だということも、それを自分にあえて教えてきたことも。

「そうなんだ」

「あいつ、変だろ」

「うん」

「散々、迷惑かけられたんじゃねえの？」

「…………」

移動教室なのか散歩かは定かではないが、手ぶらな彼はため息を吐いて首の後ろを掻いた。手ぶらなら散歩か、となんとなく思う。教室の外に出ている理由を、どうでもいいはずなのに、無意識に推測してしまう。

目を泳がせてすぐに返答しなくても、乃木は去らない。そこまで一片の返事を待っていたいようにも見えないのに。

みかねが迷惑をかけた、か。

間違っては、いない。けっこう、かなり、振り回された。暴走ぶりに困ってしまった。

でも。

「彼女の個性を、私が受け入れられなかったのも確かだから。好ましいと思っていたときは実際にあったし。まあ、今思えば私が狭量だったかなとも」

「……ふぅん」

「乃木、さんは」

「さん付けすんな」

「乃木は」

「おう」

「好きな人っている？」

問いかけた瞬間、きょとんとしたと思ったらすごい勢いで乃木の顔が燃えた。

「なっ、なんでてめえなんかと、んな話しなきゃなんねんだよっ！」

「あ、ごめん。いや、つい。ちょっと困ってることがあって」

「……」

「ごめん、今のなし。忘れていいよ」

予鈴が鳴り、一片は抱いた教科書を見た。理科だ。「じゃ」と今度こそ踵を返そうとしたときに、また乃木に呼び止められた。

「ちょっとついてこい」

「え、授業は……」

「困ってるんだろ？　ついてきてみろよ」

「…………」

困っている、困っているよ、そりゃ。

ついていったら、解決してくれるというのだろうか？

今回こうして話していなければ、躊躇したかもしれない。でも意外と話しやすい乃木に、従ってみようと思った。乃木が、みかねに関して話すとき、ほんの少しのやわらかさを見たから。不良って心の中で呼んでいて、悪かったなと反省する。案外、いいやつなのかもしれない。こんなに他人を信じ切って、馬鹿だろうか。

今はとりあえず馬鹿でもいい。

「……ここ、」

たどり着いたのは、現代国語の準備室だった。ノックもせずに乃木は扉を開け放ち、遠慮もなしにずかずかと中に入って進んでいく。一片はおそるおそる、その後に続く。

「あら、まぁたサボりかな」

「うるせえ」

中に置いてあった小振りな一人用ソファにどかっと腰掛けた乃木は、飛河朱音が放った棒付き飴をキャッチし、包みをべりっと剝がした。

「あれ、連れてきた」

「ん？」

棒の飴で指し示すと、部屋の奥にいる飛河が、まだ入り口付近にいる一片を視認した。

「昭島さんじゃない！」

きゃーっとはしゃいだ声を上げ、こちらに来ると腕をぐいぐい引っ張られ、中へと誘われる。一片は困惑したまま、引っ張られるまま奥へ。はじめて入った準備室は、教材も多いけれど飛河の私物と思われるものも多々あって、自室みたいになっている。

「え、え、」

「困ってるんだと」

飴をくわえ、どうでもよさそうに乃木が言う。「へえ」とどういう関心かわからないが、飛河が微笑む。

乃木が、困っているなら飛河に相談しろという思惑で、一片をここへ連れてきたのだとする。自身では困り事を聞く気などはなかったとしても、丸投げでも、そこに存在する感情は決して一片を見放してはいない。でも、この飛河の微笑みは、一抹の不安を抱かせる。大丈夫なんだろうか、この大人で。

ちらり、と乃木を横目で見ると、もう自分には関係ないとばかりに飴を舐めていた。こちらを一切気にしていないらしい。

「なぁに、困ってるの、昭島さん」

「あ、えっと、はあ」

どうしよう。話しても大丈夫だろうか。そりゃ、話を聞いてくれる人を探してはいた。目の前にいるのは大人で、教師という立場の人間で、幸いといっていいかわからないが女性だ。周りに異性ばかりの一片は、同性だからといって親しみやすさを感じるわけではないが、女性のほうがこういった話は得意なのではないか。偏見だろうか。

「他の誰にも、言わないでくれますか」

「守秘義務があるからね。そんなに言いふらしたいくらいに面白い話をしてくれるのなら、また別だけど」

「お、面白くないと思いますけど……」

人差し指を唇の前に立てると、飛河は「内緒にできるかも」と茶化してみせた。

「そう、なら」

……本当に大丈夫だろうか、この人で。

「…………っ」

ぐっと下唇を噛んだ。

でも、この人が最後の砦といっても過言ではないかもしれないのだ。

上手く説明できるかわからないが、話してみるしかない。

幸希に心配かけないためにも。

紀月には、勝手に気持ちを他人に話すことを赦して欲しい。自分が抱えきれなくなって、他人に助言を頼むことを、見逃して欲しい。

考え得る最善の行動をしたい。

「……黙っていればいいんじゃない？」

話を聞き終えた飛河は、椅子に座ってくるくると回った。長く、そして明るい色に染められた髪が風に舞う。

「え？」

「昭島さんは、黙っていても何も罪にはならないじゃない。誰が裁くんだよ、って話だしね。人間の感情が重なって絡まるなんて、よくあることよ。いちいち気にしていたら、自分の幸せを逃しちゃうよ。あなたがあなたの幸せを一番に考えてあげなきゃ。わたしは皆そうして欲しいって思うけどね。他人の幸せを願い過ぎても、結局自分のことをわかっているのは自分だけだし、尊重してあげても罰は当たらない」

「……紀月の気持ちを、見なかったフリしろってことですか。ちゃんと、あるのに。存在している気持ちを、なかったことになんて出来ないですよ」

「それはお兄さんが考えることよ。お兄さんが一番自分が幸せになれる選択をすればいいってこと。想い人と本気で結ばれたいなら、頑張ればいい話。でもそうしないのは、妹のためであったとしても行動に出ない時点でそれが最善なのよ」

「……そ、そんなの、こっちの都合のいい解釈じゃ、」

真剣な顔をしていたと思ったら、飛河はにっこりと笑って何かを言おうとした一片を遮った。
「わたしが助言のようなものをできるとしたら、こんなものかな」
「……っ」
「わたしの個人的な意見だから、別に無理に聞かなくてもいいのよ。納得いかなくても、わたしは構わないから」

黙っている。やっぱりそれが、自分にできる最善なのか。飛河が言っていたように、何も忠実に従うことはないのだ。でも、自分で考えた際も、言わないことが最も良い選択だった。だがそれは、紀月の気持ちを無視しているとは限らない。一片の胸にさえ留めておけば、消えることもない。でも伝わるべき人にではなく、自分だけ知っていても意味はないんじゃないかとも思う。いい加減このことで悩むのは苦しい。自分の幸せだけを考えればいい。そう言われたからって、そのままには受け取れない。けれど、少し心を楽にしたい。

夕方に、西日が沈みかかっている自室で、ベッドにうつ伏せになって頭をぐるぐるさせるのを止めたいのに、気を抜くと考えてしまう。

枕に顔を埋め、考えないようにしようとしても、無駄なことなのかもしれない。

玄関のほうから、紀月が帰宅した音を聞く。

毎日同じ家にいるのだから、考えるなというほうが無理な気がする。

廊下に出ると、靴を脱いでいる紀月と目が合った。

「お、ひとらー。ただいま」

「……うん」

一片が元気のないのを見て、紀月は寂しそうな表情をした。自分の所為だと思っているに違いない。

「ひとらー、なんか悩んでるのって俺のこと？」

そのままリビングへ行って、座っていると手を洗ってきた紀月が気まずそうに聞いてくる。

「…………」

「気にするなって言っても、しちゃうよな」

「紀月」

「でも、本当に気にしなくていいんだよ。気持ちはどうこうできないかもしれないけど、それは本当。気にさせて、ごめんな」

「先輩に、言ったほうがいいと思う」

「え？」

「紀月の気持ち、なかったことにしないで。私のことなんて考えずに、ちゃんと言ったほうがいいと思う」

「なっ……、言わないよ、もう決めたんだから」

ソファに腰掛けていた一片の隣に腰を下ろすと、聞き分けのない子供に言い聞かせるように言う。

「俺は大丈夫だから。ひとらーが俺の気持ちのこと考えてくれて、嬉しいよ。それで十分だから」

「だめだよ、どこにも行けない。消えてなくなっちゃってもいいものじゃないんだよ！　私の存在が、気にかかるのはしょうがないけど！　でも、言っちゃだめなことなんてない。すごく、大事な気持ちだから」

「……正直に言っちゃえば、そりゃひとらーには遠慮してるよ。あの人が選んだのはひとらーだから」

「それは紀月が言わないから」

「……わかんないけど、気付かれてる可能性だってあるんだ。あの人、聡いから。俺がどれだけ隠していても、察しているかもしれない。それでも何も言わないんだから」

「ちゃんと言わないと、先輩だって何も言えないよ」

「……ふつうに。一般的に考えてさ、やっぱり気持ち悪いと思う。男から言われるのなんて。俺は元々女の子のほうが好きだから、わかる。男から言われても困るだけだ」

「私もはっきり言うけど、私はもう一人で抱えてるの疲れた！　紀月がちゃんと言ってくれたら、先輩だってちゃんと紀月を見るよ、考えるよ」

「っだから、俺は気持ち悪がられたくないんだよ！　このままでいい、嫌われるより、ずっといい！」

「嫌わない！　先輩が心狭くないの知ってるでしょ！」

お互いに言いたいことを言い合って、息が上がってくる。肩を揺らしながら、今にも立ち上がりそうで、それでも浅く腰掛けたまま、お互いを見つめる。

「……気疲れさせてるのは、悪いと思うけど、でも仕方ないんだ」

「逃げてるだけだよ」

「どうせ臆病だよ、でも言えない！　怖くて言えない！」

「……怖いことなんて、ないよ」

急に心に流れる川が穏やかさを取り戻した気がする。

怖い、怖くて言えないと叫ぶ紀月は、本人が言っている通り臆病で、傷つくのが心底怖いのだ。気持ちが悪いと言われることも、思われることも、嫌われるのも、今まで通りに話すことができなくなるんじゃないかと不安になるのも、至ってふつうの感情だった。至ってふつうの、恋する人間の感情だった。

「私が知らない人なら、わからないけど、先輩のこと、もう知ってるもん。大丈夫だよ。気持ちをちゃんと、聞いてくれる人だよ」

「…………っ」

「知ってるじゃゃん、紀月だって。そんなこと、私に言われなくたって知ってるでしょ」

「…………」

紀月がふっと肩の力を抜き、浅く腰掛けたままのソファにもたれた。

「……紀月」

「久しぶりだな、なんか、本音をこんなにいっぱいしゃべったのって」

一片は黙って、紀月の言葉に耳を澄ます。

目を伏せると、年下だからって馬鹿にしない、君と対等でいたいんだと言った幸希を思い出す。

私も、紀月と対等でいたい。

兄なのも、妹なのも変わらない。でも、お互いがそれぞれ相手を一人の人間として認めれば、対等な関係になれるんじゃないかと思った。

「言っていい本音なら、いっぱい言ったらいいんだよ」

「……うん」

「墓まで持ってくの以外、」

「……うん？」

「私は、紀月が先輩に言わないなら、紀月の気持ちは墓まで持って行く気だから」

「えっ、」

「紀月がまた別の好きな人に出会って、先輩を忘れても、一生からかってやるから」

「……っふ、は」

唐突に、紀月が腹を抱えて笑い出した。一片は何事かと、目尻に涙さえ滲ませている紀月を見つめた。

「すごいな、ひとらーは」

「……すごくないよ、」

「おっきくなったなぁ」

「高校生になったもん」

「んっくぅ」

「なんで笑うの」

「同じ家に生まれて、でもちっちゃい頃は案外、離れてたよな。ほら、親父と母さん、それぞれ」

「……うん、覚えてる」

それでも、紀月が好きだった。お兄ちゃんとして慕っていたと思っていたものは、時間が経てば経つほど違う種類のものだとじんわり一片に自覚させていった。

大事な気持ちだった。大事な時間だった。

「それでも、ひとらーとの思い出ばっかかりな気がするんだよなぁ」

「……私も」

涙を滲ませるほど笑った紀月は、すっきりとした表情をしていた。肩に乗っていた嫌なものが落ちたように。重いものを、やっと下ろせたように。

同じだった。

一片も、言いたいことを言えて、すっきりできた。

良かった。紀月がいつものように笑ってくれているのが、一番、良かった。


夜、幸希に電話をする時間があるかとメッセージを送ったところ、数分後に「うん！」と元気な返事が送ってこられた。その次の瞬間、着信音がけたたましく鳴った。

『こんばんは！　どうしたの！』

「こんばんは……大丈夫ですか？　忙しいんじゃ」

『大丈夫！　今帰り道！』

そう言う幸希の後ろでは、電車の音がする。駅の近くにいるらしい。

『声聞きたかったから、嬉しい！』

仕事終わりだからか、テンションが高い。周りが騒がしいのもあるんだろうけど、語尾に必ずといっていいほど感嘆符が付いている。顔を見なくても、笑顔なのがわかる。

後ろのほうから、北本さんお疲れさまです、と挨拶する声が聞こえた。

彼女ですか〜。うるさいよ、あっち行け。などと言う会話が聞こえてきて、人知れず赤面してしまう。か、か、彼女などでは……。

『ごめん、まだ外だからうるさくて！』

「い、いいえ。忙しいのに、すみません」

『謝んないでよ、嬉しいんだから！』

「……先輩」

『うん？』

「……気をつけて、帰ってくださいね」

えっ、と言っている幸希の電話を切った。

危ない、会いたいと言ってしまうところだった。

忙しくて疲れているところに、そんな迷惑なことを言ったらまずかった。よく抑えられた。

寝る前に、さっき帰宅した旨と、連絡をくれたお礼のメッセージが届いた。電気を消した自室は薄暗闇で、スマートフォンの画面の光に顔を照らされながら、文字列をじっと見つめた。しゅぽっと音を立てて、次のメッセージが画面上に出現する。

『早く会いたいね』

締め付けられる胸の痛みに耐えながら、スマートフォンを両腕で抱いた。機器はすごいな。こんな機械が存在しない時代もあったなんて、知識としては知っていても、今ここになかったら幸希からのメッセージも受け取れないわけで、それこそ耐え難いのだろうと思う。味を占めてしまったら、もう存在しないときには戻れない。

数ヶ月後のとある夜、いつも通りに戻っていた紀月が、家族三人が揃っているときを見計らって、口を開いた。

「振られちゃった」

目を見張る一片の傍ら、父は点けっぱなしになっていたテレビの電源を静かに切った。途端にしんとし、それに照れたように、そして気まずげにしながら、紀月が笑った。

「深刻な空気にしなくていいよ」

「大事な話だろうから」

と、父がテレビを消した理由を明かす。困ったようにしながらも笑って、紀月は「ありがと」とつぶやいた。

そっか、と心の中で、一片は思った。

紀月の気持ちは、ちゃんと幸希まで届いたのだ。結果はどうあれ、怖いと言っていた紀月はその恐怖を乗り越え、自分の気持ちをしっかりと伝えられたのだ。そっか、そっか、と何回も繰り返す。良かった、幸希が、紀月の気持ちを知ることができたのだ。

「先輩さ、少しだけ驚いた顔してたよ。俺の気持ちに本当に気付いてなかったのか、それとも俺が言ってきたことに驚いたのか、わからないけど」

「うん」

父が頷く。本当にオープンな家庭だな、と思う。

親を交えて、こういった話をするなんて。でも紀月が三人揃ったときを見計らったのは確かで、紀月も父に聞いて欲しかったんだと思うと、オープンで良かったのだ。

隠し事なんて、水くさいと言う父。それでも言いたくないと子供が言えば、きっと無理には聞き出さないのだろう。

「ひとらーも、ありがとな」

「え」

「励ましてくれて、ありがとう。怖かったけど、言えて良かった。怖がってたこと、何もなかった。先輩は、ありがとうって言ってくれた。俺の、俺なんかの好意でも、嬉しいって言ってくれたんだ。それが、めっちゃ嬉しかった」

「……うん」

うん、紀月。とてもいい顔をしている。結果じゃない。幸希がありがとうと笑ってくれたことが嬉しいとはにかむ紀月は、ちゃんと気持ちを伝えて、答えをもらって、満足げだ。

一片は、正解がわからなかった。だから自分が選んだことを正解にするしかなかった。

でも、こういう形で、紀月が笑っているのを見られて、良かった。誰にも黙っていて、自分だけが優勢な立場でいることを選ばなくて良かった。

背中を押せて良かった。紀月が笑ってくれて、本当に。

「……な、なんでひとらーが泣くんだよ」

言っても、いいんだろうか。善人ぶっていると思わないだろうか。

思わない、紀月だから。

「良かったね、あ、振られたことじゃなくて、言えたことが」

紀月なら善人ぶっているなんて勘ぐりもしないとわかっていて、それでも嫌な方向に深読みされたらどうしようと柄にもなく慌てた。

そんなの杞憂で終わらせてくれるのが紀月だった。

「わかってるよ、ありがとう」

ぽん、と頭に手が乗せられ、わしゃわしゃと髪をかき乱す。まっすぐぴんと張った髪が、縦横無尽に、いろんな方向へと跳ねて、紀月の手が離れると、鳥の巣みたいに乱れたまま固定された。

「はは、ぐちゃぐちゃになっちゃった」

と言って、手櫛で髪を整えられる。それが終わると、ティッシュを鼻にあてがい、拭ってくれた。

「一片は、いつまで経っても紀月の妹で、べったりだなぁ」

父がしみじみと言い、紀月は何それと可笑しそうに声を出して笑った。

紀月の気持ちが、無くなってしまわなくて良かった。

ちゃんと、届いてよかった。幸希は受け入れなくても、受け止めてくれた。

幸希にしかできないこと。

ありがとうと言ってくれた。

やっぱり、泣いてしまいそうになる。

「やっと元気になったみたいだね」

「な、何のことやら」

「はは、隠してるんならいーけど」

隠し事なんて、マイナスな印象を受けるだろうに、不穏な空気を纏っているのに、そんなに簡単に割り切れるこの人は器がでかいのか自分を信じてくれているのか。

「……元気になってるように見えるなら、私は最低です。他の人を置いて、自分だけ幸せなんですから」

「幸せなの？」

「はい」

「なら、いいじゃない。誰かの不幸の上に、幸せって成り立ってるでしょ」

「その誰かが身近過ぎるんです」

「…………」

はっとして顔を上げる。しまった。幸希は紀月から言われたのだから、今こんな話をしてはみんなバレてしまう。一片が、紀月の不幸の上に立っていると、幸希に知られてしまう。いつまでもいい子ぶっているわけにもいかない。……あれだけ怖がってていた紀月を焚きつけて、それで元気になれた、幸せだと言うのは最低だ。

「君、わかりやすいなぁ」

幸希が、カップの取っ手部分を指先で弄びながら微笑した。苦笑にも見えるそれに、どきっとしてしまう。

もう、全部お見通しか。

「すみません、うちって、けっこうオープンっていうか、包み隠さないような家庭で……」

一片が知っていることを、幸希はよくは思わないだろうか。家で紀月が何でも口にすると思われるのは心外だが。

「そうみたいだね」

「…………」

「何考えてる？」

「えっ」

「何か、俺に思うところある？」

思うところ。

「……お礼、言いたい」

「うん？」

「先輩、ありがとうございます。なんか、兄妹揃って先輩のこと気に入っていて、気に入られちゃった先輩は困るかもですが」

「昭島にも言ったけど、俺困ってないよ」

「そう、言ってもらえると……」

「昭島の気持ちは嬉しいし、有り難いよ。でも好きな子いるって答えたんだ。申し訳なさはあっても、困るなんて失礼なこと思わないよ」

「そう、ですか」

「……昭島のことで、いろいろ考えてたんだね」

考えていた。確かに、考えていた。

「先輩、何でもかんでも言わなくていいって言ったけど、私が言っておきたいことは言ってもいいですか」

なんだかややこしい文章になったが、それを読むのを困難とする幸希ではない。

「うん、もちろん」

言いたくなる、何もかも。幸希には、知っておいてもらいたい。知ってなお、そばにいて欲しいと願うのはきっと図々しいだろう。でも、言わないのは不誠実な気がしてたまらない。だからって、無理に言おうとしてるんじゃない。言葉って、気持ちって、難しい。

「……私は、生まれたときから好きな人がいました。そばにいたくて、でも結ばれることは決してなくて。苦しくて、苦しくて」

「……生身の、」

頷く。ああ、嫌いにならないで欲しいのに、どうして言ってしまおうとするんだろう。

「紀月だから、兄貴、だったから」

「…………」

「先輩が、紀月の先輩で、私の知らない紀月を知ってるんじゃないかって、思った。それを、聞きたかった」

何でもかんでも、知りたかった。あの頃は、紀月の全部が知りたかった。知らない紀月がいることが悔しくて苦しくて、だから自分の学校でもない大学にだって潜入した。

幸希の顔が見られなくて、ひたすらにテーブルの上を視線が流れる。

「苦しくて、爆発した。好きって、泣きながら言った。でもごめん、って。好きな人がいるって」

同性なんだ、と。

気持ち悪がられる、とあんなに怯えていた紀月は、きっと一片にだって言うのが怖かっただろう。妹に引かれたらどうしようと、言いたくなかったかもしれない。でも一片の気持ちと、同等ともいえる秘密をくれた。大事な妹が、大事な気持ちを伝えてくれた。実際はぶつけただけなのに、きっと紀月はそう思って、どうしたって一片に応えられない理由を教えてくれた。

好きな人がいるんだ、って事実だけでもよかったかもしれないのに、紀月はそれだけでは不十分と感じたのだろうか。わからないけどもしくは、紀月も一人で抱えているのが辛かったのかもしれない。

「……振られてから、元気、なくて。毒でも含んで死のうかなんて、そんなことも考えて。馬鹿だけど、弱いけど、そんなこと、考えて……」

レジカウンターの向こうで、店員が食器を扱うかちゃかちゃという音がする。一人店を出ていく客に挨拶する。一片と幸希とは、違った理由、はたまた同じような理由なのか。他のお客が何組か、テーブルを挟んで談笑している。

「でも、先輩が私に会いたいって言ってくれて。なんでかそれが、嬉しくて。前までは悲しくてしんどくて泣いてたのに、それとはまた違った感情で泣きそうになった。嬉しくて、死ぬのはまだ先でいっかぁって」

「まじか」

「え、……怒った？」

「怒ってない。君、それ、……やばい、俺も泣きそう」

「え、なんで」

「それ、君って俺のことめちゃくちゃ好きじゃん」

「…………」

「君が、生きてて良かった。俺を好きになってくれなきゃ、君死んじゃってたかもしれないのか」

「う、ん」

言われてみれば、そうなるのか。

それぐらい苦しかったし、それぐらい、嬉しかったから。

「良かった、俺が俺で、いたから。君をつなぎ止められた」

「……そう、だよ」

「やばい、こんなとこで二人して泣いてたら、見せ物だぞ」

微かに洟を啜る音。

「な、泣かないで……」

「うん、泣かない。嬉しい」

目元を拭って、にかっと笑った幸希に、目を奪われる。さっきまで紀月の話をしていたのに、一気に幸希に染められる。大人なのに、子供のように無邪気に笑う幸希が、本当に嬉しそうに笑う幸希が、一片が今ここに生きている証なのだと教えられる。

「嬉しぃよ」

手と手をつなぐ。

二人並んで、歩く。

死んでいたら、何もかも終わっていたのだ。

きっと、後悔していたに違いない。死後に後悔すら、できなかったかもしれない。

幸せを感じる分、あのときの苦しみを忘れてしまいそうになる。上書きされていってしまうんじゃないかって。

でも、紀月を想ったことは本当に大切で、大事な気持ちだった。

無駄じゃない。

幸希を想う紀月の気持ちも、すぐに薄まって消えてしまうわけじゃない。

妹の一片の隣にいる存在として、ずっと視界の端に姿はあり、紀月に苦しい思いをさせてしまうのかもしれない。

それでも紀月は、妹の幸せを願うのだろう。

かけがえのない気持ちも時間も、みんな必ずあって。

欠陥人間なんて、いないのかもしれない、なんてふと思う。

ずうっと、真っ暗闇なんかじゃないって。

目の前にあかりが灯る。
あたたかくて、優しいあかりが。
宵闇の中に、あかりが。

完

著者プロフィール

菅原 千明（すがわら ちあき）

著書『君を閉じ込めたい』（文芸社、2019年）、『忘れ形見は叔父と暮らす』（文芸社、2021年）

宵闇のあかり

2023年7月15日　初版第1刷発行

著　者　菅原 千明
発行者　瓜谷 綱延
発行所　株式会社文芸社
〒160-0022　東京都新宿区新宿1－10－1
電話　03-5369-3060（代表）
03-5369-2299（販売）

印　刷　株式会社文芸社
製本所　株式会社MOTOMURA

©SUGAWARA Chiaki 2023 Printed in Japan
乱丁本・落丁本はお手数ですが小社販売部宛にお送りください。

送料小社負担にてお取り替えいたします。

本書の一部、あるいは全部を無断で複写・複製・転載・放映、データ配信することは、法律で認められた場合を除き、著作権の侵害となります。

ISBN978-4-286-24170-8